사랑앓이

· 그 슬프도록 아름다운 강을 건너 ·

사랑앓이

그 슬프도록 아름다운 강을 건너

ⓒ 유재복, 2020

초판 1쇄 발행 2020년 12월 1일

지은이	유재복
펴낸이	이기봉
편집	좋은땅 편집팀
펴낸곳	도서출판 좋은땅
주소	서울 마포구 성지길 25 보광빌딩 2층
전화	02)374-8616~7
팩스	02)374-8614
이메일	gworldbook@naver.com
홈페이지	www.g-world.co.kr

ISBN   979-11-6649-035-4 (03810)

이 도서의 국립중앙도서관 출판예정도서목록(CIP)은 서지정보유통지원시스템 홈페이지(http://seoji.nl.go.kr)와 국가
자료공동목록시스템(http://www.nl.go.kr/kolisnet)에서 이용하실 수 있습니다. (CIP제어번호: CIP2020048525)

유재복 시집

사랑앓이

·
그

슬
프
도
록

아
름
다
운

강
을

건
너
·

"시가 되는 가슴으로 살고 싶었다.
사람의 가슴으로 살고 싶었다."

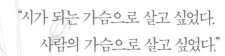

좋은땅

시가 되는 가슴으로 살고 싶었다.

사람의 가슴으로 살고 싶었다.

그냥저냥 피동적으로 살아지는 무미건조한 삶이 아
니라,

내 의지대로, 내 뜨거운 심장이 뛰는 대로,

조금은 더 나의 향기가 있는 나다운 삶,

조금은 더 윤기 나는 삶을 살고 싶었다.

진정,

사람의 가슴으로 산다는 것이 무엇인지조차 모르고
살았던,

모든 것이 운명이라 생각하며 무미건조하게 살았던
때가 있었다.

갈수록 초라해지는 내 모습이,

그냥 세속과 영합하며 적당하게 살아가는 내 모습

이 싫었다.
차라리 죽는 것이 더 낫겠다고 생각한 적도 있었다.
더 이상 살아갈 이유조차 찾지 못할 정도로 힘이 든
적도 있었다.

나도 느끼지 못하고 살았던 아픔 위에 상처를 받고,
상처라고 생각하지도 않았던 것들이 상처가 되고,
그 상처가 덧나기를 수도 없이 반복하는 동안,
나의 삶은, 나의 가슴은, 조금씩 병이 들어가고,
어느 순간, 너무나도 피폐해져가고 있음을 깨닫게
되었다.

불현듯 신의 계시처럼,
내 의지가 아닌 일로 인해 생긴 상처와 아픔이라면,
그냥 체념하며 병든 가슴 그대로 산다는 것은,
어쩌면 세상에서 가장 비겁하고,
가장 어리석은 것이 아닌가 하는 생각이 퍼뜩 들었다.

그냥 어쩔 수 없다고 체념하며 살고 싶지는 않았다.
진정한 내 삶, 진정한 내 사랑을 찾고 싶었다.
만신창이가 되어 버린 내 상처마저,
따뜻하게 감싸 주고, 위로해 줄,

그래서 더 이상은 상처받지 않을 사랑을 만나고 싶었다.

그런 사람이, 그런 사랑이 있다면,

그것이 진짜 내가 만들고 만나야 할 운명이라고 생각했다.

내 모두를 걸어도 좋다고 생각했다.

수도 없이 많은 것들을 버리고 잃어 가며,

수도 없이 많은 사랑앓이의 시간을 지나서라도,

그동안 잊고 살았던,

그래서 꿈마저도 식어 버린 가슴속에,

다시, 뜨거운 피가 흐르게 하고 싶었다.

잃어버린 시간들을 되찾고 싶었다.

나의 반쪽을 찾고 싶었다.

사람의 가슴으로 산다는 것이,

누군가의 따뜻한 눈길을 받는다는 것이,

운명의 사랑을 만난다는 것이,

아무리 힘들고 어려운 일이라 해도,

아무리 많은 대가를 치러야 한다 해도,

그것이 내가 얻고 누려야 할 소중한 인생임을 알게 되었다.

그것이 내가 할 수 있는 마지막 선택이라는 것도 알
게 되었다.

설령, 내 모든 것을 한꺼번에 잃는다 해도,
그, 시가 되는 가슴으로 숨 쉬며 살고 싶었다.
그, 사람의 가슴으로 시를 쓰고 싶었다.
그런 가슴으로 사랑하고, 그런 가슴으로 살고 싶었다.
때로는 뜻하지 않게 많은 시간을 힘들어하고,
또 때로는 내 의지와 상관없는 일들로 인해,
감당하기 힘든 상처를 받으면서도,
사람의 가슴을 포기한 채로 살고 싶지는 않았다.

가슴이 아프면 아픈 대로,
인고의 시간 속에 활짝 피어나게 될
나만의 진정한 사랑, 나다운 내 삶을 꿈꾸며,
그 기쁜 산고의 꽃밭에서,
억겁의 시간 마주 보며 함께할
내 빨간 실의 운명을 기다리며 힘든 시간도 버틸 수
있었다.

진정, 내 의지로, 내가 바라는 대로,
사랑하며 살아갈 사람을 기다린다는 것은,

너무나도 가슴 저리는 시간이었다.

내 운명의 사랑을 기다린다는 것은,

죽음보다 더 깊은 아픔의 시간이기도 했다.

모든 것이 섣달 그믐밤의 암흑처럼 느껴지기도 했다.

한 치 앞도 보이지 않을 만큼,

그래서 차라리 죽음보다 깊은 잠에 빠지는 것이

더 낫겠다는 생각을 할 때도 있었다.

그런 혹독한 사랑앓이의 시간을 거치면서,

내가 가진 모든 것을 잃는다 해도,

설령, 내 목숨을 바친다 해도,

진정한 내 반쪽을 찾을 수 있다면,

내 운명의 사랑과 함께할 수 있다면,

나는 기꺼이 그렇게 할 각오가 되어 있었다.

그 어떤 어려움도 헤쳐 나갈 자신이 있었다.

그저

일상의 편안함에 기대어 살고 싶지는 않았다.

그저

잘못된 것들마저 운명이라고 치부하고 싶지는 않았다.

더 이상 돌아올 수 없는 강을 건너기 전에,

아무리 힘든 일을 겪는다 해도,

아무리 거친 가시밭길을 걷는다 해도,
사람의 가슴으로 살 수 있기를 간절히 바라고 또 바
랐다.

그냥 죽은 듯이 살고 싶지는 않았다.
그냥 어쩔 수 없다고 포기하고 싶지도 않았다.
진정한 내 사랑을 찾고 싶었다.
서로의 허물까지도 사랑할 수 있는 사람을 만나고
싶었다.
평생 사랑하며 따순 가슴 나눌 수 있는
그런 사람을 만나고 싶었다.

사랑앓이,
그 가슴 저린 추억의 건너편에서,
그 하염없는, 그 기약 없는 기다림조차도,
나에게는 커다란 행복이고, 커다란 축복이었다.
희망이라는 흔들리지 않는 돛을 단 행복한 항해였다.

시가 되는 가슴으로, 사람의 가슴으로,
사랑앓이를 하는 그 인고의 시간 앞에서,
내 사랑바라기를 향해 부를 수 있는 노래,
그런 가슴이 있다는 것만으로도,

나는 충분히 살아갈 힘을 얻을 수 있었다.
나는 충분히 살아갈 가치를 느낄 수 있었다.

진정
운명적인 사랑을 해 본 사람은 안다.
시가 되는 가슴이 어떤 것인지,
가슴속에 시를 품는 것이 어떤 것인지.

무심한 듯 흘러가는 구름 한 조각,
돌 틈 사이 숨어 핀 이름 모를 꽃 한 송이,
포르릉 날아가는 새 한 마리,
주룩주룩 내리는 빗줄기,
밤하늘 별들의 반짝임,

그리고
발끝에 채이는 작은 돌멩이까지도,

가슴을 적시고,
가슴에 싸아 하니 바람을 일으키며,
쿵쾅거리는 심장 소리와 함께
색다른 의미로 다가옴을,

진정
운명적인 사랑을 해 본 사람만은 안다.

시가 되는 가슴은
진정한 사랑에서 저절로 우러나는 것임을,

시가 되는 가슴은
굳이 말하지 않아도 좋을 애틋한 사랑에서,

한 편의 드라마처럼,
한 편의 시처럼,
그렇게 아름다운 향기를 내뿜는 것임을,

사랑앓이,
그 슬프도록 아름다운 강을 건너,
진정
운명적인 사랑을 해 본 사람만이 안다.

그리움의 하늘을 품고

| 인연의 강을 건너

사랑앓이의 시간 속에서

| 함께 걷는 길 위에서

그리움의 하늘을 품고

그대를 위한 시를 쓴다면

굳이
말하지 않아도 좋을,
눈빛만으로도
온 마음 다 전할 수 있는,
그런 시를 쓰겠어.

굳이
내보이지 않아도 좋을,
가슴만으로도
따뜻한 사랑 전할 수 있는,
그런 시를 쓰겠어.

굳이
받지 않아도 좋을,
마음만으로도
운명의 사랑 나눌 수 있는,
그런 시를 쓰겠어.

내 눈빛,

내 가슴,

내 마음만으로,

오로지

그대만을 위한,

세상 하나뿐인 사랑의 시를 쓰겠어.

언제나 한 눈빛으로

깃 접은 그리움 하나
그대 가슴에 둥지를 틀고,
투명한 수채화로 채색되는,
그것은 사랑이었습니다.

윤회의 시간을 넘어
숙명처럼 그대를 만나,
억겁의 사랑을 잉태한,
그것은 운명이었습니다.

우리 함께 손 마주잡고
햇살 가득한 눈부신 세상에서,
새 생명의 노래로 하나 된 우리,
그것은 축복이었습니다.

산고의 꽃밭에서 향기로 피는
장미꽃 같은 우리 사랑,

그것은

언제나 한 눈빛으로

오로지 서로의 사랑바라기가 되고 싶은,

눈 시리게 아름다운 우리들 소망입니다.

그리움의 하늘

하루 온종일
하늘을 바라보았다.
내 가슴속 가득
그 하늘을 들여놓았다.

동트는 새벽 동쪽 하늘에서
저녁놀 불태우는 서쪽 하늘까지,
토끼가 방아 찧는 달나라 전설에서
은하수 흐르는 밤하늘 별빛까지,
고스란히 두 눈 속에 들여놓았다.

가슴에, 두 눈에 들어온 하늘,
그 하늘 속에
고스란히 담겨 있는 내 사랑,
통째로 내 안에 들어온 하늘에는
해도, 노을도, 달빛도, 별빛도
아름답게 반짝이며 빛나고 있었다.

하루 온종일

그리움의 하늘을 가슴 가득 품고,
하루 온 종일
그리움의 하늘을 두 눈 가득 담고,

나는 지금도
내 사랑바라기의 모습을,
하늘 가득 담는다.
가슴 가득 품는다.
더욱 그리워지는 내 사랑, 내 하늘을.

내가 당신을

내가 당신을
얼마나 그리워하는지,
밤하늘 별들이 반짝일 때마다
내 가슴 가득
당신이라는 예쁜 별님이
우수수 쏟아져,
내 가슴에 초롱초롱
그리움을 매다는데,

내가 당신을,
당신을 얼마나 보고 싶어 하는지.
당신은 알지 못합니다.

내가 당신을
얼마나 좋아하는지,
이른 아침 꽃들이 피어날 때마다
내 눈 가득
활짝 웃는 아름다운 꽃송이로
향기까지 머금고 들어온 당신,

그런 당신이
내 가슴에서
꽃보다 귀한 사랑으로,
꽃보다 귀한 사람으로,
날마다 송이송이 피어나는데,

내가 당신을,
당신을 얼마나 사랑하는지,
얼마나 귀하게 여기는지,
당신은 알지 못합니다.

가슴으로 부르는 노래

진정
한 사람을 위해
가슴으로 부르는 노래를,

가슴 벅찬 감동으로
행복에 겨운 노래를,
그런 노래를 부를 수 있다면,

나는
오직 그대를 위해,
세상에 하나뿐인 노래를,
그대 가슴 울릴 수 있는 노래를 부르겠습니다.

그대 가슴이 악기가 되어
심금 울리는 연주를 할 수 있게,
세상 하나뿐인 아름다운 선율로
잊지 못할 감동을 줄 수 있게,

소리 없는 눈빛으로도,

소리 없는 표정으로도,
온 마음을 담아 전할 수 있는
그런 노래를 부르겠습니다.

가슴으로 부르는 노래는
그 누구도 흉내 낼 수 없기에,
오직 우리 둘만이 느낄 수 있기에,

오직 그대 한 사람을 위한 노래,
오직 우리만을 위한 노래를 부르겠습니다.

가을빛 사랑

가만히 눈 들어 창밖을 본다.
눈에 들어온 가을빛 속에서
하늬바람처럼 느껴지는 당신 모습을 본다.

여름 내내 뜨거운 햇볕과 비바람을 이기고서
또 다른 겨울을 준비하기 위해
가을은 저렇게도 고운 빛으로 물드는데,

내 사랑 당신을 생각하며
가을빛 가을 향기에 사랑을 가득 담는다.

두 눈 가득 호수처럼 출렁이며 들어온 가을을 담고
나는 당신 사랑을 호수 가득 채운다.

하늬바람에 잔잔하게 일렁이는 물결을 바라보며
당신 사랑으로 가득 찬 가슴을 느끼며,
가을빛 사랑을 듬뿍 담아
내 사랑 당신 가슴을 채우고 싶다.

시련과 시험은 더 깊은 삶의 의미를 알 수 있도록,
우리의 삶이,
사랑이 얼마나 소중한지를 알 수 있도록,
우리의 사랑을 어떻게 지키고 함께해야 하는지를
가슴이 저리도록 깨닫게 하기 위한 것이리라.

가을 하늘과 가을바람에 흔들리는 나뭇잎을 보며,
우리 함께한 시간들을 파노라마처럼 떠올리고,
그렇게 행복하고 흐뭇한 순간들의 소중함을
가을 하늘 가득 담아도 부족하다.

우리,
이렇게도 온전하게 하나 되는 인연으로,
영원히 함께할 사랑바라기로,
이렇게 또 희망이라는 내일을 향해서
가을 빛 가득 우리 사랑만 채우리라.

생각할수록 가슴 저리도록 소중한
나만의 사랑, 내 운명의 사랑을 생각하며,

가만히 눈을 들어 하늘을 보면,
그 속에 사랑스런 당신 얼굴 하늘만하게 그려진다.

나는 당신 사랑 가득 찬 하늘 속으로 풍덩 뛰어들고,
우리는 이렇게 온전한 가을빛 사랑을 꿈꾸면서,
저렇게 눈이 부시도록 아름다운 가을빛 속에
우리 모두를 송두리째 던져도 좋으리.

봄비 같은 사랑

봄비 내리는 길가에
가만히 서 보라.

땅 속에서,
나뭇가지에서,
하늘에서,
어떤 소리가 들리는지,
어떤 향기가 나는지,
어떤 색깔이 칠해지는지,

가슴도 활짝 열고,
두 귀도 쫑긋 세우고,
두 눈도 크게 뜨고,
그렇게
봄비 내리는 세상을
온 가슴으로 느껴 보라.

봄비 같은 사랑을
온 가슴으로 받아들여 보라.

가슴속 깊은 곳에서
새로운 삶의 희망이,
땅 속에서 꿈틀대는
새싹의 움처럼
그렇게 요동치는 것을 느껴 보라.

온통 화안한 꽃밭 되어
가슴속에 피어나는
소담스런 사랑의 싹이,
봄비에 틔워지는 것을,
봄비에 돋아나는 것을,
온몸이 저리도록 느껴 보라.

봄비 같은 사랑,
언제나
생명수로 다가와,
항상 싱싱한 사랑을 키워 주는
그런 봄비 같은 사랑이,
우리 가슴에 가득 들어오는 것을,

가슴이 시리도록,

가슴이 저리도록

그렇게 느낄 수 있는,

봄비 내리는 길가에

가만히 내려 서 보라.

봄비 속에 내리는 사랑을

온몸으로 맞아 보라.

그 순간

사랑은 봄비 속에

움트며 자라는 것을 느낄 수 있을 테니.

세상은 온통 화안한 꽃밭

문득 창밖을 보다가,
눈 들어 바라보이는 세상은
온통 화안한 꽃밭입니다.

누가 애써 씨를 뿌린 것도 아닌데,
누가 애써 가꾼 것도 아닌데,

서로 앞 다투어 자라난 나무들과,
서로 먼저 피어나는 봄꽃들로,
세상은 온통 화안한 꽃밭입니다.

작은 꽃잎 하나,
작은 풀잎 하나,
그리고 아주 작은 나뭇잎 하나까지
내 가슴속 가득 담고 나면,

내 가슴은 꽃밭이 됩니다.
내 가슴은 향기 나는 꽃 천지입니다.
내 가슴을 향해 날아오는 벌 나비로,

내 가슴은 온통 화안한 꽃밭입니다.

어느새 나는
세상에서 가장 아름다운 꽃밭이 됩니다.
세상에서 가장 화안한 꽃밭이 됩니다.

그 꽃밭 한가운데,
당신이라는 꽃이 활짝 웃고 있습니다.
당신이 있어
세상은 온통 화안한 꽃밭이 됩니다.

가슴이 아프면 아픈 대로

때론
숨 쉬며 사는 것조차 사치라 생각할 만큼,
삶의 희망이 보이지 않을지라도,
가슴이 아프면 아픈 대로,
눈물이 나면 나는 대로,
가끔은
모든 것을 하늘의 뜻에 맡겨 보자.

아무리 발버둥 쳐도
불가항력으로 다가오는 아픔과 슬픔은,
애써 피하려 하지 말고,
애써 맞서려 하지도 말고,
가끔은
또 그렇게 하늘의 뜻에 맡겨 보자.

때론
무너져 내리는 가슴과
밑도 끝도 없이 밀려오는 절망으로,
우리 삶이

한 치 앞도 볼 수 없는 암흑의 세계가 된다 해도,

가슴이 아프면 아픈 대로,
눈물이 나면 나는 대로,
때론 그렇게 담담하게 현실을 받아들이며,
내게 다가온 지금의 고통보다
내게 다가올 미래의 행복을
가슴 가득 담아 보자.

진정
사람의 가슴으로
사람답게 산다는 것이 무엇인지,
가끔은
가슴이 아프면 아픈 대로
눈물이 나면 나는 대로,

아픈 가슴은
서로의 가슴으로 따뜻하게 감싸 주고,
슬픈 가슴도

서로의 사랑으로 포근하게 보듬으며,

우리
진정 하나뿐인 인연이라면,
세상을 다 주어도 바꿀 수 없는
진정 하나뿐인 사랑이라면,
서로만 바라보며 무심한 듯 살아 보자.

서로가
살아가는 이유가 된다면,
아픔도 슬픔도 보듬고 살아가자.

눈물이 나면 나는 대로,
가슴이 아프면 아픈 대로.

가을 햇살 속에서

나뭇잎 위로
반짝이며 쏟아지는
가을 햇살을 본다.

아름답다.
눈 시리도록 고운 가을 햇살이
나뭇잎 위로 쏟아져 내린다.

나뭇잎은
가을 햇살을 머금고,
조금씩, 시나브로
예쁜 옷을 갈아입는다.
눈부시도록 빛깔 고운
가을 단풍을 꿈꾸며.

가슴까지 물들이는
저 고운 가을 햇살 자락
한 움큼
두 손으로 듬뿍 받아서,

내 사랑 두 손 가득
살며시 건네주고 싶다.

가을 햇살처럼
따뜻하고 고운 내 사랑은,
살며시 가을 햇살로 다가와,
내 가슴까지 예쁘게 물들이고 있다.

어느새 내 가슴속엔
가을 햇살이 가득 들어오고,
내 가슴은 온통
가을단풍으로 물이 들었다.

이슬비 연가

가느다란 은색 실이
하늘에서 내린다.

운명처럼
그렇게 만난 우리 사랑을
한 땀 한 땀 정성껏 수놓아서,

공글리고 휘갑쳐
풀어지지 않게 하라고,

고운 옷 만들어
언제나 함께 입으라고,

예쁜 금침 만들어
언제나 함께 잠들라고,

저렇게 이슬비가
하염없이 내린다.

저렇게 사랑비가
쉬지 않고 내린다.

내리는 이슬비에
사랑이 들어 있다.

내리는 이슬비에
사랑도 함께 내린다.

그리움에 대한 정의

진정
간절한 그리움이란,
자신의 모두를 아낌없이 태워
흔적도 없이 사라진다 해도,

끝도 없이 오로지
한 사람을 향한 몸짓을
온 가슴으로 보내는 것이다.

풀잎에 맺힌 아침 이슬이
하늘로 오르기 위해,
따뜻한 아침 햇살을 기다리는
그 간절함보다,

가뭄에 시든 꽃잎이
다시 생기를 찾기 위해,
주룩주룩 내리는 소낙비를 기다리는
그 절실함보다,

그보다 훨씬 크고 애틋한 가슴으로,
그보다 훨씬 진한 애타는 심정으로,

오로지
한 사람을 향해
뜨거운 눈빛을 보내는 것이다.

오로지
한 사람을 위해
내 온몸을 불사르는 것이다.

태풍 같은 그리움

태풍의 눈처럼 미동도 없는 구름,
바람 한 점 없이 고요한 세상,
그 어떤 변화도 가늠할 수 없는
그래서 더욱 답답하고 힘든 시간을 버티는데,

예고도 없이 갑자기,
태풍이 몰려온단다.
저만큼 남쪽 바다에서
성난 파도 일렁이며,
비바람, 구름까지 모두 거느리고
기세당당하게 몰려오고 있단다.

지금 바라보이는 산들은,
눈 들어 보이는 나뭇가지들은,
고요한 적막을 단숨에 깨뜨리고,
후두두둑 빗방울로 떨어지며
태풍이 가까이 오고 있다는 것을
온몸으로 알려 주고 있는데,

모든 것을 휩쓸어 버리고,
조금도 거침없이,
아무런 장애도 없이,
그저 앞으로
그렇게 잘도 오고 있는데,

내 사랑바라기를 향한
내 그리움의 바다는,
태풍에 일렁이는 가슴속 바다는,
집채만한 파도를 타고서
사정없이 뭍을 향하는데,

내 그리움도 저 태풍처럼,
그렇게 거침없이
내 사랑바라기를 향해
뜀박질을 하며 달려가고 있다.

벼락이 내리치는 하늘 가득
천둥보다 더 큰 그리움은,

비바람 몰아치는 세상 가득
성난 태풍보다 더 큰 그리움은,

거침없이 휩쓸고 오는 태풍처럼
사정없이
내 가슴에 몰아치고 있다.
내 가슴속 이리저리 휩쓸며
순식간에 온통 쑥대밭으로 만들며,
그렇게 거침없이 몰려들고 있다.
아무런 대항도 할 수 없을 만큼
무서운 기세로 달려들고 있다.

세상에
이보다 더 큰 그리움이,
이보다 더 강한 가슴 저림이
또 있을까?

태풍 같은 그리움이,
태풍 같은 간절함이,
또 있을까?

봄빛을 닮은 사랑

당신은 봄빛입니다.
샛바람 불어오는 봄날,
겨우내 앙상했던 나뭇가지에
연둣빛으로 피어나는 여린 나뭇잎입니다.
꽁꽁 얼었던 땅 위에서
수줍은 듯 고개 내민 작은 풀잎입니다.

내 사랑은 봄빛입니다.
아지랑이 넘실대는 들판에
옅은 초록으로 피어나는 봄나물입니다.
길모퉁이 돌 틈 사이 고개 내민
이름 모를 한 송이 꽃입니다.

우리 사랑은 봄꽃입니다.
따뜻한 봄바람 속에 피어나는
빨갛고 노랗고 하얀 봄꽃,
진달래 개나리 목련,
그리고 등불처럼 세상을 밝히는 벚꽃을 닮았습니다.

다 같아 보이는 나뭇잎, 풀, 나물, 봄꽃도
사랑스런 마음의 눈으로 바라보면
수십 가지 빛깔을 가지고,
수백 가지 감동을 주면서,
온 세상을 화안한 꽃밭으로 만듭니다.

우리 사랑은 봄빛을 닮았습니다.
온 세상 빛깔을 다 담은 봄처럼.
화안한 꽃밭에 피어나는 봄처럼.
그렇게 우리 사랑은 봄 속에 피어납니다.

그리움의 강물

아무런 예고도 없이
하늘을 뒤덮은 먹장구름,

갑자기 쏟아 붓는 장대비에
우산도 소용없다.

집중호우에 범람하는 강물은
손쓸 틈도 없이
모든 것을 휩쓸어 갔다.
그리움도 함께 휩쓸어 갔다.

속수무책 떠내려가는 강물 위에
내 그리움도 함께 떠내려간다.

순식간에 밀려드는 그리움은
쏟아 붓는 집중호우처럼
통제할 수조차 없다.

차라리 발버둥치지 않고

소낙비를 온몸으로 맞으며,
그리움의 강물에 나를 맡긴다.

범람해 버린 그리움의 강물 위에
내 사랑도 둥둥 함께 떠 있다.
그리우면 그리운 대로
마음껏 그리워하며 살아가는 수밖에.
그리움의 강물 따라 흘러가는 수밖에.

한가위 보름달을 보며

동쪽 하늘 너머로
한가위 보름달이 떴다.
환하게 웃음 짓는 보름달을 본다.

보름달 가득
내 사랑바라기 얼굴을 욕심껏 그려 넣는다.
보름달이 웃는다.
내 사랑이 웃는다.
보름달이 나를 내려다본다.
내 사랑이 나를 내려다본다.

보름달이 내 가슴에 담긴다.
내 사랑바라기가 내 가슴에 안긴다.

내 가슴에 들어온 보름달이 말한다.
나는 송두리째 당신 것이라고,
내 가슴에 들어온 사랑바라기가 말한다.
나는 송두리째 당신 것이라고.

보름달이 내 모두를 품었다.
내 사랑바라기가 내 모두를 품었다.

보름달과 나는 하나가 된다.
내 사랑바라기와 나는 하나가 된다.

보름달이 말한다.
세상이 끝날 때까지 내 곁에 있을 거라고.
언제나 그 모습 그대로 내 곁에 있을 거라고.

내 사랑바라기가 말한다.
변함없는 모습으로 언제나 내 곁에 있을 거라고.
세상 그 어떤 것도 우리 사랑을 막지 못할 거라고.
언제나 그 모습 그대로
우린
영원히 그렇게 운명의 사랑을 할 거라고.

보름달이 살며시 웃는다.
내 사랑도 살며시 웃는다.

이제서야 비로소 세상을 보는 눈이 생겼다고,
이제서야 비로소 사람다운 가슴이 어떤 것인지,
보름달처럼 환하게 알게 되었다고.

보름달을 보며 내 사랑바라기를 생각한다.
보름달에게 말한다.
언제까지나 내 가슴속에
밝은 보름달의 모습을 간직하겠다고.

내 사랑바라기에게 말한다.
언제까지나 내 가슴속 깊이
진정한 내 짝으로,
천생연분 빨간 실의 짝으로,
내 운명으로서 변함없이 사랑하겠노라고.

보름달이 내 두 눈으로 들어온다.
내 사랑이 내 두 눈으로 들어온다.

보름달을 내 가슴에 꼬옥 안는다.

내 사랑을 내 가슴에 꼬옥 안는다.

오로지 내 사랑바라기를 위해,
오로지 우리 진정한 사랑을 위해,
오로지 내 사랑바라기 하나,
내 목숨처럼 사랑하리라.

보름달이 활짝 웃는다.
내 사랑바라기도 활짝 웃는다.

함께 있어도 그리운

당신은
함께 있어도 그리운 사람입니다.
함께 있어도 보고 싶은 사람입니다.
무조건 그냥
당신이 있으면 행복합니다.

작은 숨소리 하나,
팔딱이는 심장 소리 하나,
아주 작은 손짓 하나도,
나에게는 새로운 의미가 되고,
그것은 또한
내가 살아가는 이유가 됩니다.

당신은
손끝 하나만으로도,
눈빛 하나만으로도,
수도 없이 많은 의미를 주는,
나만이 풀 수 있는 암호입니다.

당신이 보내는 암호는,

당신에게서 생겨나는 암호는,

오직 나만이 풀 수 있습니다.

그래서 당신은

나와 함께 있어야 하는 사람입니다.

그래서 당신은

나에게 더욱 특별한 사람입니다.

그래서 당신은

함께 있어도 그리운 사람입니다.

당신, 그리움의 하늘이 되어

하늘이라면 좋겠다.
언제라도 당신이 보고 싶을 땐,
맘껏 들여다볼 수 있는 그런 하늘이면 좋겠다.

따뜻한 햇살도 내려 주고,
눈 시린 청잣빛 하늘로 가슴도 밝게 해 주고,
때로는 별빛 가득한 은하수도 되는,
나는 당신만의 하늘이면 좋겠다.

소낙비라면 좋겠다.
당신 가슴 두드리며 주룩주룩 쏟아지는 빗물로,
당신 가슴까지 촉촉하게 적실 수 있는,
그런 소낙비라면 좋겠다.

답답한 마음 싹 쓸어내리고,
당신 속살까지도 스스럼없이 타고 내릴 수 있는,
나는 당신만의 소낙비라면 좋겠다.

무지개라면 좋겠다.

비 갠 뒤 산허리에 영롱한 물빛으로 떠서,
당신 가슴 가득 희망과 소망을 담아 주는,
무지갯빛 가득 당신 얼굴도 담을 수 있는,
그런 무지개라면 좋겠다.

세파에 찌든 생활
무지개 타고 스르르 하늘로 날아올라 없어지게 하고,
당신 가슴에는 예쁜 꿈만 담아 줄 수 있는,
나는 오로지 당신만의 무지개라면 좋겠다.

태양이라면 좋겠다.
새벽을 깨우며 세상을 환히 비추는
동쪽 하늘 태양이 되어,
당신 고운 눈 속에 풍덩 뛰어들 수 있는
그런 태양이라면 좋겠다.

한 치 앞도 내다볼 수 없는
우리 삶의 길을 밝은 햇살로 비추며,
당신 두 눈 속에 희망만 가득 담을 수 있는,

나는 당신만의 태양이라면 좋겠다.

구름이라면 좋겠다.
당신 바라보는 하늘 위에 가지각색 모양으로 떠서
당신 가슴에 안기고 당신 눈 속에 담길 수 있는
그런 구름이라면 좋겠다.

때로는 솜털 구름으로 당신 가슴 설레게 하고,
또 때로는 먹구름이 되어 당신 가슴에 쏴아 하니
빗물로 들어갈 수 있는,
나는 오직 당신만의 구름이라면 좋겠다.

노을이라면 좋겠다.
서쪽 하늘 물들이며 곱고 고운 빛깔로,
하늘 가득 당신 모습 예쁘게 그려 놓고,
한 폭의 그림이 되어 당신 눈 속에 들어갈 수 있는,
그런 노을이라면 좋겠다.

해 지는 들판에 서서

또다시 떠오를 태양을 기다릴 수 있는
그런 희망을 품을 수 있게,
흥건한 그리움의 바다에서
오로지 당신만의 돛단배가 되어
노을 진 하늘을 저어 갈 수 있는,
나는 온전히 당신만의 노을이라면 좋겠다.

나는 오로지
당신만의 하늘이 되어,
당신만의 그리움이 되어,
언제까지나 당신만의 가슴에서,
당신만의 눈 속에서,

그렇게 당신의 모두가 되고 싶다.
오로지 당신만의 사랑이 되고 싶다.
억겁의 세월 변함없는 가슴으로
나는 당신만의 무엇이 되고 싶다.

당신이 보고 싶은 날엔

한밤중에 뒤척이다 잠이 깨고,
나는 당신이 무척 보고 싶습니다.

꿈속에서라도 당신을 보고 싶어
가만히 당신 얼굴 떠올리며
잠을 청해 봅니다.

잠은 오지 않고,
당신 얼굴은 더욱 또렷하게 떠오릅니다.

밤하늘을 바라봅니다.
반짝이는 별들이 모두
당신 눈동자처럼 빛이 납니다.

별 하나마다
당신과의 추억을 담아 봅니다.
더 선명하게 떠오르는 당신 얼굴,
그 별을 나는 가슴에 담습니다.
두 눈 가득 담고 또 담습니다.

당신이 보고 싶은 날에는

나는 별밤지기가 되고,

당신은 아름다운 별이 되어 빛납니다.

당신이 보고 싶은 날에는

밤하늘 가득,

당신이라는 별들만 가득합니다.

그리움의 빛깔

내 가슴을 열어
그대 향한
그리움의 빛깔을
볼 수 있다면,

그건 아마
가을 빛 가득 머금고
하늘 끝에서 달려오는,
하늬바람 같은
그런 그리움의 빛깔일 게다.

청잣빛 하늘에
그대 향한 그리움의
빛깔을 헹구면,
햇살로 쏟아지는
푸른 그리움.

어스름 밤 하늘에
그대 향한 그리움의

빛깔을 헹구면,
별빛으로 쏟아지는
하얀 그리움.

물드는 단풍잎에
그대 향한 그리움의
빛깔을 헹구면,
수채화로 쏟아지는
투명한 그리움.

숨길 수 없는 한 가지

아무리 큰 물건도
숨길 수 있지만,

사랑하는 사람을 바라보는 눈빛은
그 누구도 숨길 수 없다.

아무리 밝은 태양도
밤이 되면 빛을 잃고 말지만,

사랑하는 사람을 향한 눈빛은
캄캄한 밤이라도 환하게 빛난다.

아무리 많은 별빛도
아침이 되면 보이지 않지만,

사랑하는 사람을 보는 두 눈빛은
밝은 태양 아래서도 반짝반짝 빛이 난다.

이 세상에서 숨길 수 없는 단 한 가지는

사랑하는 사람을 바라보는,

언제 어디서나 환하게 빛나는
바로 그 눈빛이다.

그리움, 그리고 갈증에 대한 명상

한여름,
푹푹 찌는 무더위로
타들어가는 나뭇잎인들,

칠년대한,
그 갈증 나는 가뭄에
시들어 가는 꽃잎인들,

내 사랑하는 사람을,
못 견디게 보고 싶어 하는,

내 운명의 사랑바라기와,
늘 함께 있고 싶어 하는,

그 목마른 소망,
그 눈 빠지는 기다림,
그 간절한 그리움에 비하랴.

그 참을 수 없는 갈증에 비하면,
그건 새 발의 피다.

이토록 간절한 그리움의 바다에서

꽃보다 귀한 내 사랑,
푸른 그리움 넘실대는
이토록 간절한 그리움의 바다에서,
나는 지금
당신이 너무나도 그립다.

푸른 산 빛 깨치고 오는
저 눈부시도록 푸르른 풍경을 보며,
당신에 대한 그리움으로
이토록 가득 찬 가슴은,
당신과 함께 항해할 저 수평선을 향하여
밑도 끝도 없는 그리움의 돛대가 되어
이렇게 노를 젓는데,

당신의 침묵과 외면이
비록 몇 시간이라 할지라도,
나는
부러진 돛으로 꼼짝할 수 없는 배가 되어
바다 한가운데를 표류하고 있다.

이토록 간절하게
사람을 그리워할 수 있다는 것이,
이토록 애틋하게
사람의 향기가 그리울 수 있다는 것이,
영화 속 스토리,
그저 꾸며 낸 이야기인 줄만 알았는데,

오로지 당신 생각으로
당신 그리는 내 그리움의 바다로 하여,
그건
바로 우리 이야기임을
이렇게 운명처럼 깨닫는다.

이토록 간절한 그리움의 바다에서,
나는
부러진 돛대를 부여잡고,
당신이 있는 곳으로 향할 수 있는 태풍을
두려움도 없이 기다리고 또 기다린다.

비록,

태풍에 침몰하는 배가 된다 해도,

부러진 돛대를 잡고서라도

당신에게 빨리 갈 수만 있다면,

조금이라도 빨리

당신 곁에 다가갈 수 있다면,

그깟 파도쯤이야.

그깟 태풍쯤이야.

인연의 강을 건너

내 모두를 걸고

내 모두를 걸고 내기를 할 수 있다면,
설령 내 모든 것을 잃는다 해도,
당신 사랑받을 수 있는
그런 내기를 할 수 있다면,
나는 조금도 주저하지 않고
어떤 내기든 망설임 없이 하겠습니다.

내 모두를 걸고 내기를 할 수 있다면,
설령 내 목숨을 건다고 해도,
당신을 사랑하고 사랑받을 수 있는
그런 내기를 할 수만 있다면,
나는 조금도 망설임 없이
그 어떤 내기든 자신 있게 하겠습니다.

당신 사랑을 받고
당신을 사랑할 수 있다면,
이 세상 그 어떤 것에도 미련 두지 않고,
오로지 우리 운명의 사랑을 위해
어떤 내기든 용감하게 도전하겠습니다.

내 모두를 걸고
단 한 번만이라도 내기를 할 수 있다면,
그런 기회가 단 한 번이라도 주어진다면,

내 모든 것이 한순간에 사라진다 해도
당신을 사랑하고 사랑받는 길 위에,
내 모든 것을 남김없이 던지겠습니다.

백일홍 당신

설령 백 일 동안만
붉게 피었다지는 백일홍이라 해도,
한여름 뜨거운 햇볕 속에
온몸을 불살라 뜨겁게 살았으니,
짧은 삶도 짧지 않은,
그것은 백 년도 더 넘는 시간이었다.

비록
붉게 피어나는 꽃잎은,
석 달 열흘밖에 피어나지 못한다 해도,
꽃잎 피우는 백일홍 나무는,
백 년을 훌쩍 넘겨 살 수 있으니,

백 일 동안 피었다 지는 꽃잎은
그냥 떨어져 없어지는 것이 아니라,
백 년 동안을,
우리 사는 백 년 세월을,
그 모습 그대로 수도 없이 피어나는 것이다.

우리 사랑이

이승에서 잠시 만난 인연이라 해도,

그 인연은

백 일, 백 년의 시간이 아닌,

헤아릴 수조차 없이 많은,

억겁의 세월을 기다려 만난 것이다.

행복과 인연의 백일홍 꽃말은,

백 년을 함께할 우리를 위해,

이미 오래 전

전생에서부터 함께한,

당신과 나의 만남과 사랑이

백일홍 꽃으로 환생한 것이다.

한여름 백일홍보다 뜨거운 가슴으로,

백 년을 변함없이 피고 지는 백일홍 꽃잎처럼,

백일홍을 닮은 당신은,

그렇게 내 가슴에 백일홍 꽃으로 활짝 피었다.

행복한 인연으로 함께할

백일홍 그 꽃말처럼,

그렇게 내게 온 백일홍 당신.

따순 겨울을 준비하며

겨울이 오기 전,
아니, 가을이 가기 전에,
다가올 겨울을 맞을 채비를 하자.

단풍이 진 자리에 찬바람 몰아치고,
때로는 눈보라 흩날리며,
꽁꽁 얼어붙는 추위가 살을 에이기도 하리라.

그런 겨울이 오기 전에
훈훈하게 데워진 따뜻한 가슴을,
어떤 추위에도 식지 않을 사랑의 불씨를,
가슴속 화로에 묻어 두자.

둘, 우리 둘만 있다면
세상 그 어떤 것도 따뜻하게 감쌀 수 있게,
세상 그 어떤 비바람도 불씨를 꺼뜨릴 수 없게,
그렇게 뜨겁고 정열적인 그런 가슴을 준비하자.

겨울을 준비하며,

가는 가을이 서럽지 않게,
오는 겨울이 즐거워지게,
그렇게 우리 사랑 안에서
우리만의 세상을 준비하자.

우리 둘,
억겁을 함께할 하나 된 영혼으로,
하나 된 눈빛으로,
따순 겨울을 준비하자.
행복한 우리 삶을 준비하자.

지남철이 된 가슴으로

서로 다른 극끼리
마주 보면서,
언제나 한 방향으로
서로를 끌어당기는 지남철처럼,

언제까지나 변함없이
서로에게 매력 있는,
서로의 마음속에
항상 하나 되고 싶어 하는
지남철이 되자, 우리는.

빨간 실의 운명으로
우린 이렇게
지남철보다 더 강한 인력으로
서로를 끌어당기고,

그렇게 우리는
하나 된 가슴으로 세상을 느끼고,
그렇게 우리는

하나 된 눈으로 세상을 바라보며,

빨간 실의 운명이 맺어 준
소중한 우리 사랑을 위해,
지남철이 된 가슴으로,
지남철처럼 변함없는 가슴으로,
서로만을 향해 달려가자, 우리는.

운명 같은 사랑을 한다는 것은

진정
한 사람을
운명처럼 사랑한다는 것은,

그 사람의 숨을 내가 함께 쉬고,
그 사람의 눈으로 세상을 함께 보고,
그 사람의 가슴으로
삶을 함께 느끼는 것이다.

때론
어린 아이 우물가에 내보낸 것처럼,
작은 것 하나까지
걱정으로 마음 졸여도,

진정
한 사람을
운명처럼 사랑한다는 것은,

내 모두를

아낌없이 주는 것이다.
내 모든 것을
숨김없이 보여 주는 것이다.

오로지 한 눈빛으로
그 사람만을 향한
사랑바라기가 되는 것이다.

그대라는 하늘을 가슴에 품고

그대는 하늘입니다.
때론
따사로운 햇살을 품기도 하고,
슬픈 밤의 전설을 담은 별들을 품고,

포르릉 하늘을 나는 새들을 품고,
나뭇가지 흔들며 지나가는 바람도 품습니다.

솜털 같은 하얀 구름을 품고,
소나기 쏟아져 내리는 먹장구름도 품습니다.

세상 모든 것을 품기 위해
기꺼이 가슴을 내어주는 당신을,
나는
그런 당신이라는 하늘을
내 가슴 가득 품으며 숨을 쉽니다.

그대는
나의 하늘입니다.

나는
그런 하늘을 온전히 품고 사는,
세상에서 가장 행복한 사람입니다.

그대라는 하늘을 가슴에 품으면,
나는
세상을 모두 가진 사람입니다.

내가 사는 이유

내가 사는 이유는,
당신이 있기 때문입니다.
당신을 사랑하기 위함입니다.
당신에게 사랑받기 위함입니다.

당신을 사랑하고 사랑받는 것은,
이 세상 전부를 가진 것보다
훨씬 크기 때문입니다.
훨씬 의미 있기 때문입니다.

만약에 나에게
수천억이 있다 해도,
만약에 나에게
왕의 자리를 준다 해도,

당신이 없다면,
당신을 사랑할 수 없다면,
당신에게 사랑받을 수 없다면,

그것은 나에게
아무런 의미가 없습니다.
아무런 가치가 없습니다.

내가 갖고 누릴 수 있는 최고의 행복은,
최고의 의미와 가치는,
오로지 당신 하나뿐입니다.

내가 사는 이유는
당신과 함께할 수 있기 때문입니다.

불멸의 사랑을 꿈꾸는 나팔꽃처럼

비록
나의 향기를 몽땅 잃는다 해도,
내 사랑하는 사람과 영원히 함께할 수 있다면,
정녕 그럴 수 있다면,
아침에 피었다가 금세 지고 말지라도,
난 기꺼이
한 송이 보랏빛 나팔꽃이 되리라.

비록
나의 빛깔을 온전히 다 잃는다 해도,
내 빨간 실의 운명으로
내 사랑바라기와 억겁의 시간 사랑할 수 있다면,
찰나의 시간만 허락된 개화라 해도,
난 조금도 망설임 없이
한 떨기 자줏빛 나팔꽃이 되리라.

새로운 하루를 깨우며 피는 나팔꽃처럼
아침에 잠깐 피었다 지는 꽃이라 해도,
오로지 내 사랑하는 사람과

내 모두를 걸고 불멸의 사랑을 할 수만 있다면,
그렇게 사랑받을 수 있다면,

잠깐만 세상에 허락된 꽃이라 해도,
세상에서 가장 아름다운 빛깔과 향기로
그대 가슴에 영원히 피어날 수 있다면,
세상 그 누구보다 행복한 미소 지을 수 있으리라.

그대의 애틋한 눈길 받을 수 있다면,
난 기꺼이
당신만의 나팔꽃으로 피어나리라.

백팔배를 하며

고요마저 잠이 든 새벽의 산사,
속세의 때로 가득한 가슴을 열고
대웅전 법당 안 부처 앞에 섰다.

가지런히 합장한 두 손,
굵은 땀방울 뚝뚝 흘리며
소원 가득 담아 백팔배를 하면,

마음속 번뇌는 땀방울 따라 씻겨지고,
희미한 달무리 속에
새로운 여명이 온 가슴을 깨운다.

억겁의 세월 변치 않을 사랑으로
《반야바라밀다심경》을 독송하며,
무아지경 속 백팔배를 하면,

범종 소리 은은하게 산사를 뒤덮고,
동트는 산봉우리 아침 햇살 가득
자비로운 부처의 미소가 담긴다.

어둠에서 깨어난 아침,
번뇌에서 깨어난 중생,
해탈의 새 아침에 새 생명을 얻는다.

백팔배를 하며
마지막 합장한 두 손 가득,
내 사랑이 들어 있다.

소낙비 내리는 강가에서

이렇게
세찬 소낙비가 쏟아지는 날은,
마음속에 쌓인 불만과
숨 막히는 답답함을 씻으러
강가에 선다.

후두두둑
하늘은 연신 소낙비를 뿌려 대고,
소낙비는
아무런 미련도 없이
강으로 쏟아져 내린다.

강물이 튀어 오른다.
소낙비가 튀어 오른다.
답답한 마음은 강물이 되어
소낙비와 함께 흘러가 버린다.

우르릉 쾅,
천둥소리 요란한

소낙비 내리는 강가에 서면,

번쩍이는 번개 속에서도,
퍼붓는 소낙비 속에서도,
섬광처럼 또렷이
내 사랑이 보인다.

소낙비 내리는 강가에선
내 가슴속에 내린 빗물이,
어느새
강물이 되어 흘러간다.

연꽃연가

물 위에 꽃으로 피어난 연꽃은
저 혼자 저절로 피어난 것이 아니다.
은은한 향기,
어여쁜 꽃봉오리,
뭇사람들의 시선을 끌고,
뭇사람들의 사랑을 받고,
뭇사람들의 가슴을 설레게도 하지만,

연꽃은
저 혼자 절로 피어난 것이 아니다.
연못 아래 진흙 속 뿌리를 내린,
오로지 연꽃 한 송이를 피우기 위해,
제 한 몸 진흙 속에 깊이 뿌리내려
오랜 인고의 시간을 견뎌 온,
그래서 온몸에,
온 가슴에,
구멍이 숭숭 뚫려 버린,
연근이 있었기에 가능한 일이다.

이제
연꽃에게만 보내던 박수를
물속에 잠긴 연근에게도 보내야 한다.
연꽃은 연근이 있었기에 피어날 수 있고,
가슴 저린 인고의 시간을 견뎌 온
그 슬프도록 아름다운 사랑으로 가능한 일이었기
때문이다.

한여름을 뜨겁게 보낸 연꽃은
꽃잎 시들어 떨어지고서야,
비로소
물 위에 가만히 드러누워,
물 아래 연근을 바라다보며,
슬픈 연가를 부른다.
사랑의 세레나데를 목청껏 부른다.

연근은
오직 그 순간만을 위해,
그 찰나의 시간만을 위해,

연꽃이 불러주는 연가를 듣기 위해,
그렇게 오랜 시간
물속에, 진흙 속에 자신을 감추며 살았다.
가슴에 구멍이 숭숭 뚫릴 만큼 아픈 시간을
오로지 사랑하는 연꽃을 피우기 위해,
연꽃연가를 듣기 위해.

그것이
아무리 견디기 힘든 시간이라 해도,
그것이
또 얼마나 오랜 기다림의 시간이라 해도,
연꽃과 하나 되는 그 순간,
함께 부르는 연꽃 연가는
은은한 향기로 온 세상에 퍼지고 있다.
억겁의 세월 함께할 둘만의 향기로.

칠석날 아침에

얼마나 그리움에 타는 가슴으로
계절이 네 번 바뀌는 기인 시간을 견뎌 냈을까?
단 하루도 만나지 못하면
이토록 가슴 시리도록 그대가 그리운데,
견우직녀는
어떻게 삼백예순날을 지내 왔을까?

운명처럼 만나
가슴 한 켠에 사랑의 꽃밭을 가꾸며,
단 하루를 만나도
일 년보다 더 길고 웅숭깊은
사랑의 가슴을 나누며,
그래도 둘은 정녕 행복했을 거야.

하루를 살아도
우리 함께 온전한 사랑 나누며,
운명처럼 사랑하는 부부가 될 수 있다면,
모든 것 다 포기하고 당신에게 갈 수 있는데.

그까짓 일 년쯤이야

만날 수 있다는 희망 하나만으로도,

얼마든지 행복하게 견딜 수 있었을 거야.

한 치 앞도 알 수 없는 그런 기다림이 아니라,

일 년 후면 만날 수 있다는 그 희망이야말로,

기다림의 시간이 오히려 즐거움이 될 수 있었을 거야.

천생연분의 짝으로 진정한 하나가 될 수 있기에,

어떤 그리움의 강물도

어떤 아쉬움의 바다도,

희망이라는 이름으로,

사랑이라는 이름으로,

그렇게 헤엄쳐 건널 수 있었을 거야.

정녕

사람으로 산다는 것은,

서로 사랑하는 사람끼리

온전한 가슴 나누고 따뜻한 가슴 함께하며,

단 하루를 살아도

서로 하나 되어 그렇게 행복한 가슴으로 사는 것 일
거야.

평생을, 아니 다음 세상에서까지도
영원히 당신만을 사랑하겠노라,
또다시 태어나도
당신 하나만을 내 목숨처럼 사랑하겠노라,
견우직녀가 그랬듯
우리 사랑도 영원할거라 믿으며.

안면도 낙조를 보며

출렁이는 바다,
밀려오는 파도,
그 수평선 너머로
새빨갛게 달아오른 태양이,
마지막 숨을 몰아쉬며
바다에 잠긴다.

동쪽 바다 불덩이로 솟아
아침을 깨우고,
밝은 빛과 온기를 아낌없이 내주고,
마지막 순간에는
아름다운 낙조까지 선물하며
깊은 잠 속에 스르르 빠져든다.

내일 아침
또 다른 희망으로,
동쪽 하늘에 웃으며 뜨기 위해,
안면도 낙조는
저렇게도 고운 빛으로

바닷속에 잠긴다.
온 세상을 물들인다.

내 사랑바라기처럼
그렇게 고운 모습으로
그렇게 사랑스런 모습으로,
안면도 드넓은 바다는
제가 품은 낙조로 하여
너무나도 따뜻하다.

문득 창밖을 보다가

문득 창밖을 보다가,
눈이 부시도록
일렁이며 쏟아지는 햇살 사이로,
이름 모를 새 한 마리
포르릉 날아가는 것을 보았습니다.

그 새의 날갯짓이
왜 그리도
내 눈시울을 뜨겁게 했는지,
눈을 감고 생각해도 참으로 모를 일입니다.

그 순간
왜 그리도 내 가슴이 아파 왔는지,
아무리 생각해도 정말 모를 일입니다.

마음껏 날개를 퍼덕이며,
넓은 세상 어디든 날아갈 수 있는 새가,
왜 그리도 부럽던지요.

하늘땅만한 그리움을 가슴에 묻고서도,
하늘땅만한 사랑을 가슴에 품고서도,
창밖을 보며
새의 날갯짓 하나에 눈시울 붉히는 나는,

나는
당신 가슴에 한 마리 새가 되어,
지금, 그리고 언제라도
당신 품으로 날아들 수만 있다면.

빨간 실의 운명으로

비록
우리 눈에 보이지는 않지만,
비록
우리 손에 잡을 수는 없지만,

우리 둘,
모든 걸 함께하고픈 당신과 나는,
이미 오래전,
어쩌면 억겁의 전생에서부터,
이미
하나였을지도 모릅니다.

우린
빨간 실의 운명으로 만나,
억겁의 세월
끊어지지 않은 인연으로,
이 세상에서
또 이렇게 만났습니다.

이제 우리는

세상 그 무엇과도 바꿀 수 없는,

세상 그 무엇도 대신할 수 없는,

세상에 하나뿐인

사랑바라기가 되었습니다.

석모도 보문사 마애불 앞에서

가을 하늘 머리에 이고,
보기에도 신비한 눈썹 바위
그 천길 벼랑 아래,

억겁의 세월,
속세와 천상을 잇는 마애불이 있다.

깎아지른 절벽,
우뚝 솟은 바위 절벽,
닿을 듯 말 듯 뭇 중생의 간절한 소망을,

감히
넘보지 못할 위엄으로,
그러면서도 자비로운 미소로,
눈앞에 우뚝 선 마애불 미소.

그 천상의 계단을,
수도 없이 많아 셀 수도 없는 계단을
오르고 또 오르며,

나는
오로지 하나,
내 간절한 소원을 가슴에 새기고 또 새기며,
마애불께 빌고 합장하며,

아픈 다리도 아프지 않고,
흘리는 땀도 힘들지 않게 느끼며,
그렇게 하나하나
내 소원을 향해 오르고 또 올랐다.

바다를 굽어보며,
속세를 굽어보며,

감히
범접할 수 없는 마애불의 위용,
누구도 내 운명의 사랑 앞에
범접할 수 없으며,

오직 우리 둘,

세상에서 가장 아름다운 모습으로,
세상에서 가장 따뜻한 가슴으로,
그렇게 사랑할 수 있도록,

마애불 가는 길목마다
소원을 비는 돌멩이 하나씩,
거기에 내 사랑도 하나씩,
그렇게 쌓고 또 쌓으며,

어느새 나는
마애불과 마주하고 서 있었다.
마애불 가득
내 사랑의 모습을 그려 넣고,
내 사랑의 숨결을 불어넣으며.

마애불은
어느새 내 가슴속에,
내 사랑의 모습으로 들어와 있었다.

동백꽃 전설로 슬픈 오동도

쪽빛 남해 바다 고운 물 위에
동백 잎 닮은 작은 섬 하나,

푸른 잎 흔드는 동백나무 아래
붉은 빛 동백꽃이 후두둑 진다.

뭍으로만 오르고픈 파도를 보며,
바다로 나가신 임 그리는 여인,

도적떼 피해서 몸 던진 바다,
동백꽃은 핏빛으로 땅을 적셨다.

여인의 붉은 순정 동백으로 피어나고
여인의 푸른 정절 대나무로 돋아났다.

동백꽃 숲길 따라 사랑노래 들려오고,
기암절벽 용굴 속엔 슬픔조차 잠들었다.

붉게 핀 동백꽃 그 꽃잎 하나마다,

사랑도 원망도 가득 담겨 더욱 붉다.

동백꽃 전설 따라 가고픈 오동도.
동백꽃 전설로 슬픈 오동도.

간절한 그리움은 별이 된다고

온 마음을 다해 바라는 간절한 그리움은,
가슴 시리도록 간절한 그리움은
하늘까지 올라가 별이 된대요.

밤하늘 북극성으로 떠서
그리운 사람 얼굴 들여다보고,
새벽하늘 샛별로 떠서
또다시 그 사람 가슴에 둥지를 틀고,

간절하게 그리고 또 그리워하면,
언젠간 칠석날 견우직녀처럼,
애틋한 그리움에 타던 가슴을
오작교로 이어 준대요.

간절한 그리움에 시린 가슴은,
별빛 가득 고운 은하수로 떠서
가슴 가득 별빛으로 수를 놓고요.

지독한 그리움에 저린 가슴은,

우수수 쏟아지는 별똥별 따라
가슴 가득 별나라를 들여놓고요.

우리 서로 사랑은 별천지 되어,
가슴 저린 눈물도 함께 흘리고,
가슴 벅찬 기쁨도 함께 나누고,

간절한 그리움에 타던 가슴은,
아름다운 별이 되어 반짝인대요.

운명의 딱 한 사람만

그래, 그건 우리의 운명이었어.
진정 운명의 딱 한 사람이 아니라면
세상 그 누구도 할 수 없는,
어느 누구도 느끼거나 나눌 수 없는
그런 특별한 가슴을 우린 함께 나눌 수 있지.

그래, 더 이상의 시험은 필요 없지.
그 이상 어떻게 말로 설명할 수 있겠어.
진정 억겁의 세월 함께한 사랑이 아니라면
도저히 할 수 없는 것들이,
우리 둘이서 함께만 있으면
자연스럽게 할 수 있으니.

그렇게 오랜 시간을 함께해도,
조금도 지루하거나 시들하지 않고,
수도 없이 많은 시간들이 언제나 새로움으로,
언제나 새로운 에너지의 원천으로,
그렇게 변함없이 넘쳐날 수 있는 건,

그래, 그것도 세상에 딱 한 사람,
운명의 사랑끼리만 누릴 수 있는 특권이니.

우리 둘,
수도 없이 느끼고 생각하고,
수도 없이 나누고 누리는 모든 것들,
그건 세상에 운명의 딱 한 사람만이 할 수 있는
그렇게 이미 정해진 우리만의 사랑이고 운명임을,
우리는 시간이 지날수록 더 간절하게
더 가슴이 저리도록 느끼고 또 느낄 수 있으니.

함께 있는 시간들이 너무 빨리 지나가고
그렇게 우리는 아쉬움과 안타까움으로 서로를 사랑
하며
삶의 이유와 의미를 찾을 수 있으니,
그건 세상에 딱 하나,
진정한 운명의 빨간 실로 맺어진 인연으로만 가능
한 일이니.

그래, 이렇게 내 사랑임을,

나만의 소중한 사랑바라기임을,

가슴이 저리도록 느끼고 또 느낀다.

그대가 바로,

바로 내 운명의 딱 한 사람임을.

별이 아름다울 수 있는 건

그토록 오랜 시간,
당신 가슴에 뜨는
아름다운 별이 되기 위해,
어둡고 기인 세월의 터널을
얼마나 많은 고통과 두려움,
그리움과 외로움에 떨며
무작정 앞으로 앞으로만
달려왔던가.

또 다른 하늘 한쪽에서
내 가슴에 뜨는
빛 고운별이 되기 위해,
당신은 또
또 얼마나 길고 험한
그 인고의 강물에 배를 띄우고,
손바닥에 피가 나도록 노를 젓고 또 저으며,
그렇게 한곳으로 달려왔던가.

밤하늘에 빛나는

그 반짝이는 별들이,
모두 그렇게
머나먼 우주를 달리고 또 달려
저렇게 별이 되어 반짝이듯이,

지금,
내 맘속에 별이 되어
이토록 눈 시린 샛별로 떠서,
내 가슴을 행복하게 해 주는
당신이라는 별.

당신 맘속에 별이 되어
그토록 빛 밝은 샛별이 되어,
당신 가슴 예쁘게 해 주는
사랑이라는 나의 별.

이토록 애틋한
사랑이라는 이름의 별이 되려,
우린 얼마나 많은 시간을

서로를 무작정 그리며,
그토록 슬픈 밤하늘을
얼마나 간절하게 바라보았던가.

이제 우리
영원히 서로의 가슴에 빛나는
사랑의 별이 되었으니,
어둠의 밤도 두렵지 않다.
오직 밝은 빛 반짝이는
샛별의 희망이
우리 가슴에 박혀 있으니.

이제 나는
당신이라는 아름다운 별을 가슴에 품고,
행복한 밤하늘을 맘껏 바라볼 수 있다.

별이 아름다울 수 있는 건,
바로 당신이 나와 함께 있기 때문이다.

수수께끼 같은 사랑

수수께끼였습니다.
밑도 끝도 없는 그리움으로
내 가슴속 빗장이 열리고,
숨 쉴 틈조차 없이 솟아나는
뜨거운 심장의 붉은 피.

새로운 생명으로 다시 태어나,
운명처럼 만난 우리,

그것은
우리 사랑의 시나리오를 쓴
신의 계시였습니다.

반드시 만나야 할
빨간 실의 운명이었습니다.

수수께끼입니다.
소용돌이치는 강물에서,
성난 파도 일렁이는 망망대해에서,

낙엽 같은 작은 배하나 얻어 타고,
한 치 앞도 볼 수 없는 어둠 속을 헤맨 우리,
거친 파도와 맞서 싸운 우리.

그것은
아픈 시간의 실타래로
씨줄 날줄 올올이 엮어,
우리에게 딱 맞는 사랑의 옷을 입히려는
신의 시험이었습니다.

아픈 세월의 강물을 거슬러,
가슴 저린 기인 시간의 항해 끝에,
거친 파도 태풍까지 이겨 낸 항해 끝에,
서로의 사랑바라기로 만난 지금,

어려웠던 수수께끼가 풀렸습니다.
풀리지 않던 수수께끼가 풀렸습니다.
소중한 보물 같은 사랑을 알게 하려는,
진정한 사랑의 반쪽을 찾게 하려는,

신의 계시였습니다.
신의 시험이었습니다.

수수께끼가 풀리며 알게 된 정답,
정녕 우린,
애시당초 하나였습니다.

사랑앓이의 시간 속에서

사랑앓이, 그 슬프도록 아름다운 강을 건너

진정
운명적인 사랑을 해 본 사람은 안다.
시가 되는 가슴이 어떤 것인지,
가슴속에 시를 품는 것이 어떤 것인지.

무심한 듯 흘러가는 구름 한 조각,
돌 틈 사이 숨어 핀 이름 모를 꽃 한 송이,
포르릉 날아가는 새 한 마리,
주룩주룩 내리는 빗줄기,
밤하늘 별들의 반짝임,

그리고
발끝에 채이는 작은 돌멩이까지도,

가슴을 적시고,
가슴에 싸아 하니 바람을 일으키며,
쿵쾅거리는 심장 소리와 함께
색다른 의미로 다가옴을,

진정
운명적인 사랑을 해 본 사람만은 안다.

시가 되는 가슴은
진정한 사랑에서 저절로 우러나는 것임을,

시가 되는 가슴은
굳이 말하지 않아도 좋을 애틋한 사랑에서
한 편의 드라마처럼,
한 편의 시처럼,
그렇게 아름다운 향기를 내뿜는 것임을,

사랑앓이,
그 슬프도록 아름다운 강을 건너,
진정
운명적인 사랑을 해 본 사람만이 안다.

사랑, 그 끝없는 신비의 샘

하늘이 왜 파란지,
구름은 왜 떠 있는지,
하늘은 또 밤이 되면 왜 깜깜한지.
달과 별은 왜 반짝이는지,
밤새 무슨 생각을 하는지,

나뭇잎이 왜 푸르른지,
계절 따라 왜 달라지는지,
단풍은 왜 물드는지,
그리고 또 잎은 왜 떨어지는지,

꽃은 왜 피는지,
작은 꽃씨가 어떻게
크고 예쁜 꽃을 피우는지,
계절이 다하면
왜 꽃잎은 그리도 시들어 버리는지,

바람은 왜 부는지,
비는 왜 내리는지,

천둥과 번개는 무엇 때문에 저리도 치는지,
또 왜 소낙비, 이슬비는 느낌이 다른지,

끝없이 새로운 가슴을 열어,
끝도 없이 솟아나는 새로운 삶의 의미를 주는,
사랑은,
진정한 사랑은,

말로 표현할 수 없는,
가슴으로만 느낄 수 있는,
끝도 없이 솟아나는 신비의 샘이다.
불가사의한 요술이다.

사랑, 그 영원한 진리

우린
서로 다시 만나기 위해,
이렇게
세상에 태어났습니다.

억겁의 세월,
수많은 시련과 시험을 거쳐,
우린
서로를 위해,
그동안 준비한 가슴을
활짝 열었습니다.

우린 이제
잠시라도,
둘 중 하나라도 없는 세상은
생각할 수조차 없게 되었습니다.

우린 이제
영원한 하나이기 때문입니다.

사랑,

그 영원한 진리 앞에서,

우린

오로지 서로만의 사랑 속에서만,

또다시

억겁의 세월을 꿈꿀 수 있기 때문입니다.

우리에게 사랑은

세상 그 무엇도 바꿀 수 없는,

영원한 진리이기 때문입니다.

사랑, 언제나 함께하는

언제나 함께하는 그런 사랑 안에서,
기쁨은 항상 두 배가 되고,
아무리 나누어도 아깝지 않습니다.
나누면 나눌수록 커져만 가는 기쁨,
그것이 바로
진정한 사랑의 신비입니다.

언제나 함께하는 그런 사랑 안에서,
슬픔은 항상 반으로 줄고,
아무리 나누어도 또 나누고 싶습니다.
나누면 나눌수록 줄어만 가는 슬픔,
그것이 바로
진정한 사랑의 수수께끼입니다.

사랑,
말로 다하지 못해도
언제나 함께하는 사랑은,
불가사의한 힘으로 우리를 감싸고,
수수께끼처럼 그렇게 오묘한 힘으로

우리를 행복하게 합니다.

언제나 함께하는 우리 사랑 안에서,
언제나 함께 마주 보며,
언제나 따뜻한 가슴 나누며,
우린 그렇게 운명적인 사랑을 합니다.

억겁의 세월,
세상 그 어떤 곳에서도
우린 언제나 함께하는 사랑입니다.

사랑앓이, 그 기쁜 산고의 꽃밭에서

세상에 하나뿐인
진정한 사랑을 위해,
그 운명의 사랑을 찾기 위해,
고통도 기쁨으로 승화하며
내일의 삶을 꿈꾸는 사랑앓이를 해 보라.

진정
사람의 가슴으로 세상을 느끼고,
사람의 영혼으로 세상을 보기 위해,
아무런 계산 없이
가슴에서 우러나는 사랑앓이를 해 보라.

진정한 운명의 사랑과 함께
세상을 함께 살아가기 위해,
간절한 그리움으로,
애틋한 그리움으로,
사랑앓이의 아픔 속에
기꺼이 모두를 던져 보라.

문득 계시처럼
진정한 사랑이 무엇인지 또렷한 실체로 다가오는,
가슴 저리도록 아름다운 사랑을 할 수 있으리라.

사랑앓이,
그 기쁜 고통 속에서,
한 떨기 꽃으로 피는 진정한 사랑을
온 가슴으로 갖게 되리라.

사랑앓이의 시간을 지나
그 기쁜 산고의 꽃밭에서,
사랑은 운명처럼 활짝 피어나리라.

사랑앓이, 그 아름다운 진통 속에 피는

사랑앓이를 해 보았는가.
그 아름다운 진통의 시간,
새로운 생명으로 탄생하는
신비로운 출산의 기쁨을 느껴 보았는가.

그 누가 있어
이토록 아름다운 가슴을 주고,
이토록 반짝이는 눈빛을 내게 줄 수 있을까.

오직
진실한 사랑의 힘만이,
불가사의한 힘으로 새 생명을 탄생시킬 수 있음을,
새로운 의미를 부여할 수 있음을,

오랜 사랑앓이 끝에
진정한 내 짝을 찾고 난 후에야,
나는 문득 신의 계시처럼 깨닫게 되었다.

눈에 보이는 것 하나,

가슴으로 느끼는 것 하나까지,
모두가 새로운 의미로
내 삶을 송두리째 바꿀 수 있는 것이,

그것이 바로 진정한 사랑임을,
그것이 바로 운명의 사랑임을,
이제라도 깨달은 나는
그래도 차암 행복한 사람이다.

진정한 반쪽을 찾아
온전한 하나의 생명으로 다시 태어나는,
새로운 삶을 시작하는,
그것이 바로,
바로 진정한 사랑인 것을,

그대를 온전히 사랑하고,
그대에게 사랑 받으면서,
나는
사랑앓이의 아름다운 진통까지도,

기꺼이 사랑할 수 있게 되었다.

그 아름다운 진통 속에 피는 사랑 속에서.

사랑앓이, 그 인고의 시간 앞에서

태풍이 몰고 온 굵은 빗줄기가
사정없이 얼굴을 두드리던 여름날 오후,

하염없이 쏟아지는 빗줄기 속에서,
꿈결처럼 들려오는 그대 숨소리를 들으려,
기약도 없는 시간을 붙들고 그대를 기다리던 날,

먹장구름처럼 사정없이 가슴으로 밀려드는
그리움과 서러움의 강물은,
손 쓸 틈도 없이
집중호우에 범람하는 강물이 되어,
이미 내 통제를 벗어나고,

세찬 강물에 떠밀려 가며,
애절하게 구조를 기다리는
그 절박한 감정의 소용돌이가,
내 모두를 단숨에 삼켜 버렸다.

기다려야 한다.

얼마나 오랜 세월 인고의 시간을 견디며
그대 가슴을 소망해 왔던가.

그토록 오랜 세월 그대를 사랑하기 위해,
또 얼마나 많은 가슴앓이를 했던가.

고요하게 잠자던 그 태풍의 눈은,
눈꺼풀을 열고
성난 바다를 휘몰아쳐,
집채만한 파도로 해안을 집어 삼키고,

설움이 북받치는 가슴은
일렁이는 파도를 타고 사정없이 가슴을 때리고,

내 가슴속은
성난 파도에 휘말려 난파선이 되고 말았다.

사랑앓이,
그 인고의 시간 앞에서

수도 없이 많은 생채기가 나고,
수도 없이 많은 상처가 아물고,

이제는 떳떳하고 당당한 모습으로
내 가슴을 모두 열어 보일 수 있으리.

이제는 그대 가슴의 상처까지도
모두 보듬고 안을 수 있으리.

쏟아지는 빗줄기를 보며,
하염없이 그대를 기다리는
그 가슴 시린 시간 동안,
내 가슴엔
그대의 둥지가 하나 더 만들어졌다.
사랑앓이, 그 인고의 시간 앞에서.

사랑앓이, 그 저린 가슴 추억의 건너편에

하늬바람 속에,
코스모스처럼 수줍게 서 있는
그 슬프도록 아름다운 아픈 추억들,
우수수 떨어지는 낙엽을 바라보며
그렇게 쓸쓸한 눈빛으로
나는 오늘도 지독한 사랑앓이를 한다.

꽃송이 하나하나마다
선홍빛 추억들이 피어나고,
단풍잎 하나마다에도
빛바래지 않은 사랑이 담겨지고,
무지개 피어나는 서쪽 하늘 저녁놀에
까만 밤이 저만큼서 오고 있음을 알기에,
나는 지금도 가슴 저린 사랑앓이를 한다.

바람에 흔들리는 코스모스만 보아도,
나뭇가지 흔드는 바람 소리만 들어도,
문득 그대 향기인양,
문득 그대 소리인양,

자다가도 벌떡 일어나 앉아
나는 오늘도 그 아픈 추억들을 붙잡는다.

세상에서 가장 심한 사랑앓이를 하면서,
텅 빈 가슴 가득 그대를 채워 놓고서
그대 그리움의 호수만큼 커다란,
그대 그리움의 하늘만큼 넓은,
아픈 추억의 가슴 저린 사랑앓이를 한다.
그 가슴 저린 추억의 건너편에 서서.

사랑앓이, 그 하염없는 기다림조차도

십 년이어도 좋습니다.
백 년이어도,
아니, 천 년이어도 좋습니다.

억겁의 시간을 넘어
우리 이렇게 빨간 실의 인연으로 다시 만났는데,
그깟 몇 달, 몇 년의 기다림이야,
몇십 년의 기다림쯤이야,
아니, 평생의 기다림이라 해도,
나는 기꺼이 기다릴 수 있습니다.

같은 하늘 아래,
그대와 함께 숨 쉴 수 있다면,
그대 모습 바라만 볼 수 있다면,
그깟 기다림은,
그것이 아무리 아픈 시간들이라 해도,
그것이 아무리 기인 시간들이라 해도,

나는

가슴에 고이 접어 간직한
전생의 실타래를 하나씩 풀며,
오로지 당신 향한 그리움으로,
그렇게 기다릴 수 있습니다.

기다림,
그것은 유일한 희망이니까.
그 하염없는 기다림조차도
나에겐 즐거움이니까.

사랑앓이, 그저 바라만 볼 수 있어도

비록

벙어리 냉가슴을 앓는다 해도,

그저

먼발치에서라도

그대 모습 바라만 볼 수 있다면,

그 또한 나에겐

가슴 시린 기쁨입니다.

비록

손잡고 거리를 활보할 수 없다 해도,

그저

내 눈 속 가득 그대 모습 담아 놓고,

함께 걷는 상상을 할 수 있는 것만으로도,

그 또한 나에게는

가슴 저린 행복입니다.

그저

바라만 볼 수 있어도,

그저

상상만 할 수 있어도,

이렇게 기쁘고 행복할 수 있음은,

그대는 이미

내 가슴속 깊은 곳에,

내 두 눈 속 가득

온전하게 자리 잡고 있기 때문입니다.

온전한 사랑이기 때문입니다.

사랑앓이, 꿈속에서조차 그리운

밤새 뒤척이다
겨우 잠드는 시간까지,
당신은 몹시도 그리운 사람입니다.

꿈속에서도
당신을 보고 싶은 내 간절함으로,
꿈속에서조차도
내 사랑 당신과 함께하며,
나는
내 그리운 당신을 안고, 또 안습니다.

잠시라도 떨어질세라,
뜨거운 입맞춤으로
따뜻한 체온 나누고,
또 그렇게 우리는
꿈속에서조차
그리운 정을 나누고, 또 나눕니다.

새벽 여명 속에

곤히 잠든 당신 예쁜 볼에 입 맞추며,

나는 또 그렇게

행복한 아침 꿈속으로 빠져듭니다.

당신은 정녕 나에게는,

꿈속에서조차 그리운 사람입니다.

사랑앓이, 설령 전생에 원수였다 해도

옷깃만 스쳐도 인연이라는데,
억겁의 세월 엮고 엮어서,
드디어 우리는
숙명처럼 이렇게 만났습니다.

우리가 기억하지 못하는 전생에,
로미오와 줄리엣처럼
그렇게 원수의 집안이었다 해도,
우리
세상에 태어나
이렇게 만나 사랑할 수 있음은,

그것은 커다란 축복입니다.
세상 그 무엇과도 바꿀 수 없는
소중한 인연입니다.
그것은 서로의 삶을 윤기 나게 하고,
살아가는 이유를 줍니다.

우리 설령

전생에 원수였다해도,

지금

우리 이렇게 함께할 수 있음은,

이미 오래전 정해진,

그래서 아무도 바꿀 수 없는,

우리 둘, 운명의 사랑이기 때문입니다.

사랑앓이, 슬픈 그림자 같은 사랑

그림자조차 숨죽이며
그렇게 가슴 조이던 시간,
함께 손잡고 거리를 걷고 싶고,
함께 마주 보며 공연도 즐기고 싶고,
함께 따뜻한 체온 느끼며
그렇게 또 사랑하며 살고 싶었는데,
그렇게 소박한 꿈을 꾸었는데,

밝은 태양 아래서도
그 작은 소망마저
그림자처럼 감추며 살았던 시간,
그 슬픈 그림자 같은 사랑은
때로는 절망으로,
또 때로는 희망으로,
그렇게 온 가슴을 후벼 파며,
그렇게 가슴 저리도록
슬픈 행복을 느끼던 시간이었습니다.

당신과 함께 사랑하며 세상을 품에 안고,

당신과 함께 좋은 풍경을 보고,
함께 계절의 변화를 느끼고,
또 함께 맛난 식사를 할 수 있다면,
언제든 서로 마주 보며
따뜻한 숨결 나눌 수 있다면,
그렇게 작은 행복 나눌 수 있다면,

설령
그것이 아무리 사소한 것일지라도,
또 그것이 아무리 일상적인 것일지라도,
나에게는 세상 그 무엇과도 바꿀 수 없는,
세상 그 어떤 것도 대신할 수 없는,
세상에서 가장 값진 선물입니다.

이제,
그 슬픈 그림자 같은 사랑조차도
나에게는
세상을 다 가진 것처럼,
세상 그 누구도 부럽지 않은,

온전히 나만이 누릴 수 있는,
하나뿐인 사랑이었음을,

나는
시리도록 눈부신 하늘을 바라보며,
넓은 하늘 한가득
그대 모습 그려 넣고,
밝은 태양 아래 슬픔마저 감춘 그림자로 서서,
당신의 하늘을 가만히 올려다봅니다.

그 하늘에 그림자로 비치는
당신의 하얀 미소와,
땅 위에 비친 그림자조차 슬픈
그 모습을 하염없이 바라보며.

사랑앓이, 억겁의 시간이 흘러도

우리 함께 사랑할 수 있는 시간이
설령 백 년이 주어진다 해도,
억겁의 시간을 기다려 만난
우리 사랑의 인연에 비하면,
그건 정말
새 발의 피다.
그건 정말
찰나의 순간이다.

또다시
억겁의 시간이 흘러,
우리 다시 만날 수 있다면,
우리 다시 사랑할 수 있다면,

나는 기꺼이
그 억겁의 시간을 기다리리라.
그것이
아무리 긴 인고의 시간일지라도,
당신 사랑을 손꼽아 기다리리라.

그건,

당신과 나의 운명이고 숙명이기에,

우리 둘 사랑을 대신할 그 어떤 것도 없기에.

사랑앓이, 이별 없는 이별 앞에서

개기일식이었습니다.
언제나 변함없이
나의 하루를 지켜보며
눈이 부시도록 밝게 빛나던 태양이,
한순간 빛을 잃었습니다.

암흑천지였습니다.
어디로 가야 할지 몰라,
어떻게 해야 할지 몰라,
갈팡질팡하기만 했습니다.

변함없이 따뜻한 햇살을 주던 태양을 찾아
아무리 발버둥을 쳐 봐도,
나에게 항상 따뜻했던 그 태양은
한순간
빛도, 온기도 다 잃었습니다.
나의 태양과 함께,
나의 뜨겁던 심장도 멈추었습니다.

심장의 붉은 피가 멈춘 순간,

설상가상,

개기월식이 나타났습니다.

늘 한결같이

나와 눈빛 마주치며

초승달로, 반달로, 보름달로 뜨던,

그래서 마음을 터놓던 친구였던 달마저,

어느 한순간

빛을 잃었습니다.

섣달 그믐밤 같은 암흑이

새까맣게 타 버린 내 마음처럼

그렇게 검은 그림자를 드리웠습니다.

생명을 지켜 주던 태양이,

가슴을 채워 주던 달님이,

영원히 나와 함께하며,

내 모두를 감싸 줄 것으로 믿었던,

그런 태양과 그런 달님이,

빛을 잃었습니다.

많이도 서러웠습니다.
세상 모든 것을 잃어버린 것처럼.
세상 한가운데
혼자 남겨진 고아처럼,
그렇게 허전하고 허무했습니다.

하얀 낮을 까맣게 헤매고,
까만 밤을 하얗게 지새우며,
그런 어둠과 허무의 시간이 지나면,
그런 저리고 아픈 날들이 지나고 나면,
태양은 다시 밝은 얼굴을 내밀 것이라는 믿음으로,
달님은 다시 은은한 미소를 지을 것이라는 희망으로,

그대와 함께했던 모든 시간들, 모든 추억들,
내 가슴속에 고이고이 갈무리하며,
나는 가만히 당신을 불러 봅니다.

이별 없는 이별 앞에서.

새벽하늘 샛별로 뜨는 당신

내 그리운 당신은
새벽하늘 샛별로 떠서
죽음보다 깊은 잠에 빠져 있는
내 얼굴을 가만히 내려다봅니다.

새벽이슬 한 모금으로 목축이고,
아직도 갈증이 가시지 않은 목소리로,
내 그리운 당신은
내 귀에 소곤소곤 자장가를 부릅니다.

이슬 머금은 애절한 목소리로
설움에 겹도록 노래하며,
내 그리운 당신은
잠든 나를 깨우려 애를 씁니다.

새벽새 노래처럼 당신은
그렇게 잠든 내 영혼을 깨우고,
그렇게 잠든 내 삶을 깨우고,
또 그렇게 잠든 내 사랑을 깨우며,

내 그리운 당신은
이제서야 가슴이 후련합니다.
가슴속 돌덩이 같은 화병이 사라지고,
그 자리엔 대신
그토록 갈구했던 사랑이
넘치도록 자리 잡습니다.

이제, 그리운 내 당신은
그토록 서러웠던 새벽하늘을,
잠들지 못했던 샛별이 아닌
화안한 아침을 깨우는 태양으로 떠서,

잠든 나를 깨웁니다.
한 치 앞도 섣달 그믐밤 같았던,
방황의 시간을 멈추게 합니다.

마침내
진정한 사랑에 눈뜨며 일어나는,
내 사랑바라기를 알아보게 만든,

당신은,

당신은 내 운명의 사랑입니다.

아픈 시간만큼 향기 나는 사랑

우리의 사랑이
전생에 지은 죄로 시험받을 때,

그토록 아픈 가슴으로
우리 사랑이 어둠 속을 헤맬 때,

우리는
서로를 향한 그리움과
서로를 향한 사랑을 소중하게 키웠습니다.

꽃이 된 왕자는
사랑하는 당신에게
사랑한다는 말을 할 수 없었지만,

아,
꽃이 된 왕자는
사랑하는 사람을 지척에 두고도,
끝내 꽃이 되었기에,
사랑한다는 말을 하지 못하고,

가슴만 태우고 또 태우다
사랑하는 사람을 위한
애절하고도 아름다운,

아,
영혼으로 부르는 그 사랑의 노래를
목이 터져라 불렀습니다.
꽃이 된 왕자는.

꽃이 된 왕자는,
한 사람만이 맡을 수 있는 은은한 향기를,
뜨거운 가슴이 담긴 천리향 같은 향기를
내 사랑을 향해 내뿜었습니다.

이제
전생의 죄를 모두 씻고,
죄의 마법을 풀고,

이제,

우리는 서로
진정한 사랑의 짝임을 알아보았습니다.

이제,
영혼으로 부르던 노래를,
오직
내 사랑하는 당신을 위하여 부르겠습니다.

행복한 가슴으로,
눈 시리게 아름다운
영혼으로, 사랑으로.

이슬비 내리는 여름날 오후

하루 온종일 비가 내린다.
때론 소낙비로 온갖 설움 다 풀어내고,
때론 가랑비로 애간장 다 녹이다가,

이제는
천천히 음미하듯 세상을 적시며
가느다란 이슬비가 내린다.

하늘에 두둥실 떠 있는 구름은
때론 먹구름도 되었다가,
때론 새털구름도 되었다가,
또 가끔은 양떼구름도 되었다가,

한가롭게 하늘을 노닐다
어느 순간 북쪽 하늘을 향해
한가롭게 흘러간다.

시시각각
모습을 바꾸는 하늘을 보며,

시시때때
이름을 바꾸는 비를 보며,
구름처럼 비처럼 내 사랑에게 달려가고 싶은
그 간절한 바람은,

이슬비로 내리던 빗줄기가
갑자기 굵은 소낙비로 내리며
온 가슴을 후두둑 치며 파고들 듯
그렇게 어찌할 수 없는 것인지.

하늘을 본다.
내 사랑이 웃고 있다.

구름이 되었다가,
빗줄기가 되었다가,
나뭇가지 흔드는 바람도 되었다가,

내 사랑은
비 내리는 여름,

눈길 머무는 곳마다 웃음 지며 담겨 있다.

미풍이 흔드는 나뭇가지에
살포시 내려앉는 이슬비가,
땅속에서 돋아난 새싹 위에
방울방울 물방울로 모여 있는 이슬비가,
내 사랑의 손길만큼이나 따뜻하게 느껴진다.

이슬비 내리는 여름날 오후,
내 사랑을 생각하는 것만으로도
나는 행복하다.
차암 행복하다.
우산도 쓰지 않고 이슬비를 맞는 것조차
너무나도 행복하다.

하루살이 사랑

설령 며칠밖에 살지 못하는,
아니,
단지 하루밖에 살지 못하는 하루살이라 해도,

내 사랑 당신을 사랑할 수 있다면,
내 사랑 당신에게 사랑받을 수 있다면,
하루는 단지 하루가 아니다.

사랑하는 당신 없이
설령 백 년을 산다 해도,

당신 사랑 없이
설령 몇백 년을 산다 해도,

그건 하루를 백 년처럼 살다 간
하루살이 사랑에 비할 바도 아니다.

내 사랑을 사랑하지 못하고,
내 사랑에게 사랑받지 못하는 삶은,

백 년도 하루만 못하다.
하루살이 삶만도 못하다.

설령 하루살이 사랑이라 해도,
하루를 백 년, 천 년처럼 사랑하고 싶다.

차라리 내가

하늘을 짊어져야 한다면,
차라리 내가
당신 대신 짊어지겠어.

어차피 아파야 한다면,
그것도
차라리 내가 아프겠어.

힘들게 땀 흘려야 한다면,
밤을 새워 일해야 한다면,
새벽어둠을 깨고서
일을 시작해야 한다면,

당신이
그런 일을 해야 한다면,
차라리 내가
그 모든 것 다 하겠어.

온몸이 아프고

뼈가 으스러지는 한이 있어도,
당신이 해야 할 일이라면,
기꺼이
내가 대신 다 하겠어.

호의호식은 아니더라도
당신과 함께,
내 사랑하는 당신과
세상을 함께할 수만 있다면,
그럴 수만 있다면,

세상에 무엇이 더 필요할 것이며,
세상에 무엇을 더 가질 것이며,
세상에 무슨 부족함이 또 있겠어.

억겁 세월의 강을 거슬러,
우리 둘
빨간 실의 운명을 느끼면서,
당신이 내게 주는 사랑만큼,

당신이 짊어져야 할 짐이라면,

모두 모두
하나도 남김없이
당신 손을 잡고서,
내가 다 짊어지겠어.

그것이
무너지는 하늘을 받치고 있는 일이든,
꺼지는 땅을 딛고 서는 일이든,
그냥 무조건
차라리 내가 다 하겠어.

함께 걷는 길 위에서

세상에서 가장 슬픈 약속

당신 없는 세상은
상상조차 하기 싫은 일입니다.
당신의 따뜻한 온기가 없는 세상에서는,
당신의 환한 미소가 없는 세상에서는,
더 이상 살아갈 용기가 없기 때문입니다.
더 이상 살아갈 이유가 없기 때문입니다.

당신 없는 세상은
죽음보다 깊은 슬픔입니다.
죽음보다 슬픈 아픔입니다.
죽음보다 아픈 공허함입니다.

숨을 쉬어도 쉴 수 없고,
심장이 뛰어도 뛸 수 없는,
그래서
살아도 살아 있지 않은,
그것은
세상이 우리를 갈라놓는 순간입니다.

함께 손잡고 세상을 떠나고 싶지만,

만약에 그럴 수 없다면,

정녕 그럴 수 없다면,

나 없는 세상에

당신 혼자 남겨져 힘들기보다는,

내가 딱 한 달만 더 살다가,

당신을 고이고이 잘 모셔 놓고,

당신이 있는 곳으로 가겠다는 약속을 했습니다.

우리 둘이 함께했던 세상 소풍이 끝나는 날,

당신을 내 품에 꼬옥 안고,

행복한 미소 가득 머금은 얼굴로,

그냥 내 품에서,

내 품 안에서 잠들 듯 눈감을 수 있게 해 주겠다고,

하지 말아야 할 약속을,

아니,

하지 않을 수 없는 약속을,

그렇게도 슬픈 약속을,
그렇게도 아픈 약속을 하고야 말았습니다.

그것은
세상에서 가장 슬픈 약속입니다.
세상에서 가장 아픈 약속입니다.

어쩌면,
내가 당신에게 해 줄 수 있는,
가장 잘한
마지막 약속일지도 모릅니다.

그것이
얼마나 아프고
얼마나 슬픈 약속인지,
미처 깨닫지도 못한 채,
나는 이렇게
세상에서 가장 슬픈 약속을 했습니다.

내 영혼이 숨 쉬는 곳

항상
내 영혼이 숨 쉬며
편안하게 쉴 수 있는 곳,
세상 그 어떤 곳보다 포근하고 따뜻한
당신은
세상에서 가장 편안한 안식처입니다.

아무리
삶의 무게가 나를 짓눌러도,
내 사랑 당신 안에서는
작은 무게조차 느껴지지 않는,
당신은
세상에서 가장 포근한 보금자리입니다.

내가 숨 쉴 수 있는 건,
내가 살아갈 수 있는 건,
세상을 다 주어도 바꿀 수 없는,
당신의 사랑이 있기 때문입니다.

당신 사랑 안에서는
예쁜 꽃봉오리가 피어나고,
당신 사랑 안에서는
아름다운 향기도 묻어납니다.

당신만이 바로
내 사랑이기 때문입니다.
내 영혼이 숨 쉴 수 있는 곳이기 때문입니다.

당신 곁에 있으면

당신 곁에 있으면
내 심장은 더 뜨거운 피를 뿜습니다.
세상 모든 것이 새로운 생명을 얻고,
뜨거운 심장을 향해 달려옵니다.

바람 소리는 고운 선율로 편곡되고,
바라보이는 풍경들은
한 폭의 수채화로 그려집니다.
의미 없게 바라보던 하늘은
밑도 끝도 없는 상상의 나래를 펴게 하고,
심장의 피를 더 뜨겁게 합니다.

쏟아지는 햇살은
비단결처럼 눈 속에 담기고,
꿈결인 듯 그대의 목소리는
내 심장을 향해 힘찬 맥박 되어 팔딱이며,
새로운 생명력을 불어넣어 줍니다.

당신 곁에 있으면

세상은 온통 꽃밭이 되고,
당신 곁에 있으면
나는 세상에서 가장 행복한,
아무 것도 부러울 것 없는,
행복한 사람이 됩니다.

당신 곁에 있으면,
당신 곁에 있기만 하면.

동반자의 의미

그저 생각만으로도,
그저 바라보는 것만으로도,
그저 함께하는 것만으로도,
가슴속에서
새로운 생명력이 꿈틀거리는,
세상이 모두 새롭게 보이는,

그게 정녕 사랑이리라,
그게 진정 사랑이리라,
그것이
진정한 천생연분만이 가질 수 있는
동반자의 가슴이리라.

힘들수록,
어려운 일이 닥칠수록,
말없이 바라보아 주는 것만으로도,
따뜻한 말 한마디만으로도,
포근하게 안아 주는 것만으로도,

그리고

그저

무조건 내 편이 옆에 있다는 것만으로도,

억겁을 함께할 운명이 있다는 것만으로도,

내 모두를 이해하고,

내 모두를 감싸 주고,

때로는

내 허물까지도 다독여 줄 수 있는

그런 가슴을 가진 사람이,

그런 따뜻함을 가진 사람이

내 진정한 사랑이라는 사실 하나만으로도,

또다시

새로운 힘을 얻을 수 있는,

삶의 보람과 의미를 찾을 수 있는,

그런 가슴 떨림을 경험할 수 있는,

그런 사람이 진정

하늘이 맺어 준 운명이리라.

전생부터 함께한

진정한 동반자이리라.

내 사랑이 머무는 곳

하늘을 본다.
내 사랑이 웃고 있다.

새털구름이 되었다가,
양떼구름이 되었다가,

살포시 불어오는 바람이 되었다가,
포르릉 날아가는 예쁜 새도 되었다가,

후두두둑 쏟아지는 소낙비도 되었다가,
펑펑 쏟아지는 함박눈이 되었다가,

밤하늘 반짝이는 별님 달님 되었다가,
동쪽 하늘 떠오르는 아침 해가 되었다가,

내 사랑은
눈길 닿는 곳마다,

나와 눈 맞추며 웃고 있다.

가만히 내 가슴속으로 들어오며.

내 사랑은
바라보이는 모든 곳에,
생각하는 모든 곳에 머물러 있다.

당신, 아침 해처럼 솟는 새로움의 세계

가만히 당신을 바라보면,
나는 왜 아이 맘이 되는지 몰라.

그저 마냥 품에 파고들어
응석부리고 싶은,
숨소리 들으며 세상모르고 잠들고 싶은,
왜 나는 그런 맘이 드는지 몰라.

그냥 당신을 바라보기만 해도,
당신이 곁에 있기만 해도,
난 세상에서 부러울 것 하나 없는
그런 아이 맘이 되는지 몰라.

당신이 내 품에서
세상에서 가장 편안하고 포근한 잠에 빠져들 듯,
나 또한
당신 품이 왜 그리도 포근한지 몰라.

당신 앞에만 서면

난 왜 그리도 처음으로 느끼는 감정들이,
난생 처음으로 생각나는 말들이,
또 왜 그리도 많은지 몰라.

당신은 동쪽 하늘 밝히며 솟아오르는
아침 해처럼,
언제 어디서나
왜 그리도 새로움의 의미로
내 가슴에 다가오는지 몰라.

당신과 함께 있으면
난 항상
세상에 태어나 처음 보는 새로운 세계에
경이의 눈 동그랗게 뜨는 어린애처럼,
왜 그렇게도 첨보고 첨 느끼는
새로운 게 많은지 몰라.

당신만이 내 어둠의 가슴을 밝힐 수 있고,
당신만이 오로지 내 영혼을 깨울 수 있는

불가사의한 힘을 가졌음을,
왜 이제야 알게 되었는지 몰라.

당신은 나에게
항상 같은 모습으로
같은 자리에서 떠오르는 아침 해지만,
떠오를 때마다 새로움의 의미를 가져다주듯,
그렇게
나에게는 늘상 새로움의 세계가 될 거야.

당신의 퍼즐조각이어도 좋아

퍼즐 한 조각이 모자라
당신의 삶이 행복하지 않다면,

작은 퍼즐 하나가 없어
당신 소망이 이루어질 수 없다면,

나는 기꺼이
당신의 퍼즐조각이 되겠어.

나는 조금의 망설임도 없이
당신 삶을 완성하는 퍼즐조각이 되겠어.

비록 나의 존재가
아주 작은 퍼즐 한 조각에 그친다 해도,

그로 인해 당신이
당신이 행복할 수 있다면,

당신의 삶이 조금은 더 윤기날 수 있고,

조금은 더 완전해질 수 있다면,

나는 당신 인생의 어느 한 구석에
존재감 없는 퍼즐이어도 좋아.

당신과 함께라면

해바라기처럼 서로만을 바라보며
따뜻한 가슴 나누는 당신과 함께라면,
난 세상에 부러울 게 하나도 없을 거야.

가을 하늘 그 고운 빛깔보다,
한여름 밤 반짝이는 별무리보다,
더 곱고 반짝이는 마음으로
우리 사랑 하늘에 그렇게 맹세하고,

난 당신을 바라보는 것만으로도
세상 그 누구보다 행복할 수 있을 거야.

세상에서 가장 이쁜 당신과 함께라면,
난 어떤 파도도 어떤 물살도 다 헤쳐 나가며,

오직 우리 그 애틋한 사랑으로,
우리 그 간절한 사랑으로,
항상 웃으며 살 수 있을 거야.

당신과 함께 운명의 배를 타고,
우리만의 세계로 우리만의 사랑으로
어디든 함께 다니면서,

서로 바라보는 눈빛 하나로,
서로 느끼는 가슴 하나로도,
우린 참으로 행복할 수 있을 거야.

당신과 함께라면
난 더 이상 아무 것도 두렵지 않고,
더 이상 아무 것도 바라지 않아.

내 온 가슴으로 당신을 사랑하며,
내 온 마음으로 당신과 함께하며,
언제까지나 당신 안에서 나 행복할 수 있기를.

언제나 내 안에 당신이 있기에,
언제나 당신 안에 내가 있기에,
나는 세상을 다 가진 사람이 될 수 있을 거야.

당신과 함께라면,

당신과 함께라면.

늘 새롭다는 것

당신은 나에게
늘 새로운 의미입니다.

같은 모습으로 떠오르는 태양을 보는 것도
당신과 함께라면,
그것은 나에게
늘 새로운 의미로 다가옵니다.

당신의 엷은 미소하나,
당신의 그윽한 눈빛 하나,
그것은 나에게
늘 새로운 감동으로 다가옵니다.

당신의 따뜻한 체온,
당신의 팔딱이는 맥박을 느끼는 것은,
그것은 나에게
늘 새로운 심장을 뛰게 합니다.

당신이 나에게

늘 새로움의 의미가 되는 것은,

그것은 바로

당신은 나에게

세상 하나뿐인

나만의 사랑바라기이기 때문입니다.

그런 당신이 함께 있어서,

그런 당신을 바라볼 수 있어서,

또 그런 당신을 느낄 수 있어서,

그런 당신과 같은 하늘 아래 있어서,

나는 어쩌면

이 세상에서 가장 행복한 사람입니다.

세상 모두를 가진,

그래서 누구도 부럽지 않은,

이 세상 단 하나뿐인 사람입니다.

당신만의 포근한 보금자리가 될래

나는 오로지 당신에게,
세상에서 가장 포근한 보금자리가 되고 싶다.
언제든 내 가슴에 푹 파묻혀
포근하게 잠들 수 있는,
그런 보금자리가,
세상에서 단 한 사람
당신만의 보금자리가 되고 싶다.

나는 오로지 당신에게
세상에서 가장 편안한 안락한 쉼터가 되고 싶다.
삶에 지치거나 힘들 때,
또는 아무 때라도 내 가슴에 꼬옥 안겨
편안하게 잠들 수 있는,
그런 쉼터가,
세상에서 오직 한 사람
당신만의 쉼터가 되고 싶다.

나는 오로지 당신에게
세상에서 가장 따뜻한

내 사랑으로 데워진 둥지가 되고 싶다.
진정 따뜻한 가슴 함께 나누며
언제든 내 가슴에 쏘옥 안겨
충만한 뿌듯함으로 채울 수 있는,

그런 둥지가,
세상에서 오로지 한 사람
내 사랑바라기만의 둥지가 되고 싶다.

수채화처럼 아름다운 사랑을 위하여

정말 내가
그대 마음속 명화가 되었으면 참 좋겠다.

그냥 바라보는 것만으로도
배시시 웃음 지을 수 있는,
삶을 더 윤기 나게 하고,
마음을 더 살찌워 행복할 수 있는,
나는 세상 하나뿐인 그림이 되고 싶다.

수채화처럼 아름다운,
명화처럼 품격 있고 가치 있는
그런 사랑을 꿈꾸며,
내 마음의 캔버스에
우리 사랑만 곱게 색칠하고 싶다.

그림 속에 영원히 변하지 않는,
항상 그 모습 그대로,
친구 같은 연인으로,
연인 같은 친구로 평생을 함께하며,

그렇게 명화 같은 사랑을 하고 싶다.

감출 수 없는 사랑의 눈빛과,
서로를 향한 따뜻한 마음까지 담아,
아무도 흉내 낼 수 없는
불후의 명작을 그리고 싶다.

우리 둘,
그 명화처럼 변치 않을 사랑을 위하여,
우리 둘,
그 수채화처럼 아름다운 사랑을 위하여.

진정 사랑한다는 것은

진정 사랑한다는 것은
그 사람의 모두를
아무 조건 없이 가슴 깊이 받아들이는 것이다.

그 사람의 허물까지도
그 사람의 짐까지도,
그냥 무조건 내 것으로 받아들이는 것이다.

진정 사랑한다는 것은
계산을 하는 것이 아니라,
오로지 서로의 가슴에 담긴 사랑을
조건 없이 주는 것이다.

아무리 힘이 들어도,
아무리 고통스러워도,
그저 무조건 그 사람을 먼저 생각하고,
그 사람을 먼저 배려하는 것이다.

진정 사랑한다는 것은

경제방정식이 아니라,
사랑방정식으로 모든 것을 풀어 가는 것이다.

단순한 계산이 아닌,
사랑의 가슴으로 상대방의 마음을 헤아리고,

그냥 무조건
내 가진 모든 것을 아낌없이 주는 가운데서,
흐뭇함과 희열을 느끼는,

그런 운명의 사랑이,
그런 조건 없는 사랑이,
진정 억겁의 세월을 함께 사랑할 수 있는
진정한 사랑인 것이다.

진정 사랑한다는 것은
그 사람의 모두를,
있는 그대로 내 가슴에
남김없이 모두 받아들여 간직하는 것이다.

당신의 우산이 되어

당신이 어려울 때
당신의 우산이 될 수 있다면,

나는
내리는 빗방울에
온몸을 흠뻑 적셔도 좋으리.

당신이 외로울 때
당신의 우산이 될 수 있다면,

나는
쏟아지는 빗줄기에
내 온몸을 맡겨도 좋으리.

당신이 괴로울 때,
당신이 슬플 때,
당신이 울고 싶을 때,

그 어느 때라도

당신이 나를 필요로 할 때,

그 때 나는
내 온몸을 바쳐,

내 온 마음을 바쳐,
당신의 우산이 되겠어.

그래, 사랑은 이런 거야

그래,
사랑은 이런 거야.

그냥 편안하고
그냥 흐뭇하고,
생각만 해도 마음 뿌듯하고,
무엇이든 받아 주고 무엇이든 이해해 주고,

그래,
사랑은 그런 거야.

진정으로
내 마음을 보여 주고,
어떤 모습이든 사랑으로 감싸 줄 수 있는,

그래서
항상 든든하고 항상 함께라는 걸 느끼며
영원히 함께할 동반자로 사는.

그래,
사랑은 그런 거야.

먹는 모습을 보아도 그저 이쁘고 흐뭇하고,
잠자는 모습을 보아도 한없이 이쁘고 사랑스런,
언제나 함께 보고 느끼고
무엇이든 함께하고 싶은,

그래,
사랑은 그런 거야.

억지로 꾸미지 않아도,
그런 수수하고 꾸밈없는 모습이
세상에서 가장 아름답고, 세상에서 가장 예쁘고,

감동으로 가슴 뿌듯한,
꽉 찬 충만감으로 세상을 모두 품은 것 같은,
그런 가슴, 그런 느낌을 주는,

그래,
사랑은 이런 거야.

오로지
서로의 가슴으로,
오로지
서로의 눈빛으로,

세상을 보고 느끼고 싶은,
그렇게 온전하게 서로를 가슴에 품고 사는,

그래,
사랑은 이런 거야.

시를 쓰는 마음으로

아무도 보아 주지 않는,
그래서 더욱 외로운 들꽃,
길모퉁이 돌 틈새에 수줍은 듯 숨어 핀
키 작은 들꽃 한 송이에도,

길바닥에 아무렇게나 나뒹구는,
그래서 더욱 슬픈 돌멩이 하나,
사람들 발끝에 수도 없이 채이며 상처받은
조그만 돌멩이 하나에도,

그윽한 눈길, 따뜻한 손길을 주고,
뜨거운 가슴, 뛰는 심장으로 느끼며,
나만의 특별한 의미를 찾는 것,
그것이 시를 쓰는 마음이다.

무심코 흘러가는 구름 한 조각,
포르릉 하늘을 나는 새 한 마리,
귓불을 간지럽히는 하늬바람,

그 모든 것을 가슴으로 느끼고 사랑하며,
끝없이 솟아나는 열정과 애정으로
혼을 불어넣어 새롭게 받아들이는 것,

그것이 정녕
사람의 가슴으로 살아가기를 바라는,
시를 쓰는 마음으로 살아가기를 바라는,
나의 간절한 소망이다.

그것이 바로
내가 살아가는 이유이기도 하다.

당신의 하늘

가만히 흘러가는 흰 구름을 본다.
무심히 흘러가는 구름인데도
당신의 하늘에서는,
수도 없이 많은 이야기와
수도 없이 많은 느낌을 전해 준다.

일상의 평범함까지도
특별한 의미로 다가오게 하는 힘,
그것이 바로
당신의 하늘 아래서
내가 따뜻한 가슴을 가질 수 있는 이유다.

하늘에 이는 바람을 느껴 본다.
그저 공기가 이동하는 것이지만,
당신의 하늘에서는,
밑도 끝도 없이 많은 감정과
가슴을 적시는 감동의 선율을 전해 준다.

별다른 의미 없는 바람 속에서도

뭉클한 감동을 느낄 수 있는 힘,
그것이 바로
당신의 하늘 아래서
영혼의 교향곡을 들을 수 있는 이유다.

구름 속에서 당신의 모습을 보고,
당신의 이미지를 느끼고,
바람 속에서 당신의 숨소리를 듣고,
당신의 노래를 듣는다.

당신의 하늘 아래서만은
나는 세상에서 가장 행복한 사람이다.

운명의 반쪽, 운명의 사랑

처음엔 지란지교를 꿈꾸며,
따뜻한 가슴 나눌 수 있는,
언제든 위로가 될 수 있는,
세상 하나뿐인 친구여도 좋았습니다.

억겁의 세월을 기다려,
빨간 실의 운명으로 만난,
서로의 부족함을 채워 주는,
세상 하나뿐인 반쪽이어도 좋았습니다.

서로의 아픔까지 보듬어 줄 수 있는,
서로의 상처까지 다독거려 줄 수 있는,
그래서 세상이 외롭지 않고,
살아갈 힘을 얻을 수 있는,
그런 사람이, 그런 사랑이 필요했습니다.

무던히도 많은 세월의 강 위에서,
무던히도 많은 아픔과 눈물 속에서,
사람의 가슴으로 사랑하며 함께할

내 운명의 사랑이 필요했습니다.

그런 사랑을, 그런 사람을 만날 수 있다면,
설령 내 모두를 잃는다 해도
두려움 없이 내 모두를 걸고,
지독한 슬픔과 아픔까지도 이겨 내며,
운명 앞에 내 모두를 던지겠습니다.

투명 인간이 되어서라도

시도 때도 없이 그대가 그리운 날엔,
나는 투명 인간이 되어서라도
그대 곁으로 가고 싶다.

그대와 헤어져 돌아온 날엔,
투명 인간이 되어 그대 곁으로 가서,
그대를 살뜰하게 보살피고 싶다.

나 없는 동안 밥은 잘 먹었는지,
어디 아픈 데는 없는지,
잠은 잘 자는지,
하나부터 열까지
마음은 온통 그대 걱정으로 가득한데,

그냥 나 혼자 가만히 있기에는,
그대를 만나는 약속시간까지 기다리기에는,
시계의 초침 소리가 너무 느리다.
은하수 흘러가는 속도가 너무나도 느리다.

죽을 만큼 그대가 보고 싶은 날엔,
나는 투명 인간이 되어서라도
그대와 함께 있고 싶다.

함께 걷는 길 위에서

돌부리에 걸려 넘어져,
누구도 가기 싫어하는 진흙탕 길도,
가시덤불 가득한,
그래서 아무도 간 적 없는 숲속도,
그대와 함께라면,
그대 손 꼬옥 잡고 함께 걷는다면,
나에게 그 길은
행복으로 가는 고운 꽃길입니다.

한 치 앞도 보이지 않는
섣달 그믐밤에 걷는 길이라도,
한 걸음도 옮기기 힘든
늪 길을 걷는다 해도,
그대와 함께 걷는 길이라면,
나에게 그 길은
천국으로 가는 행복한 꽃길입니다.

인생이라는 길 위에서,
빨간 실의 운명으로 만나,

우리 함께 걷는 길,

그 길 위에서

그대와 함께 마주 보며 걸을 수 있다면,

그대 손 꼬옥 잡고 걸을 수 있다면,

그 길은

하늘이 주신 선물 같은 즐거운 길입니다.

우리 함께 걷는 인생이라는 길 위에서,

향기 나는 꽃길만 걸을 수 있다면,

그것은

하늘이 주신 최고의 선물입니다.